·青春的荣耀·

90后先锋作家二十佳作品精选

高长梅　尹利华◎主编

我在，孟特芳丹酒吧

陆俊文 著

九州出版社

JIUZHOUPRESS

全国百佳图书出版单位

图书在版编目（CIP）数据

我在,孟特芳丹酒吧 / 陆俊文著. -- 北京：九州出版社，
2013.5（2021.7 重印）

（青春的荣耀：90后先锋作家二十佳作品精选 / 高长梅,
尹利华主编）

ISBN 978-7-5108-2154-7

Ⅰ.①我… Ⅱ.①陆… Ⅲ.①散文集 – 中国 – 当代
Ⅳ.①I267

中国版本图书馆CIP数据核字（2013）第113850号

我在,孟特芳丹酒吧

作　者	陆俊文　著
出版发行	九州出版社
地　址	北京市西城区阜外大街甲35号（100037）
发行电话	（010）68992190/2/3/5/6
网　址	www.jiuzhoupress.com
电子信箱	jiuzhou@jiuzhoupress.com
印　刷	北京一鑫印务有限责任公司
开　本	720毫米×1000毫米　16开
印　张	10
字　数	125千字
版　次	2013年6月第1版
印　次	2021年7月第5次印刷
书　号	ISBN 978-7-5108-2154-7
定　价	38.00元

小荷已露尖尖角（代序）

高长梅

长江后浪推前浪，是自然规律，也是文学发展的期待。

80后作家曾风光无限——韩寒、郭敬明、张悦然等大批80后作家已成为中国当代文学的生力军，他们全新的写作方式、独特的语言叙述，受到了青少年读者的追捧。

几年前，随着90后一代的成长，他们在文学上的探索也逐渐进入人们的视野。

2006年，《新课程报·语文导刊》（校园作家版）创办时，我在学校调研，中学生纷纷表示，希望报社多关注90后作者，多培养90后作家。那年年底，我在南昌参加中国小说学会小小说年度排行榜评选时，与学会领导和专家聊起90后作者的事，副会长兼秘书长汤吉夫教授对我说：看现在的小说创作，80后势头很猛，起点也高，正成为我国小说创作的生力军，越来越受到文学评论界的重视。你有阵地，就要多给现在的90后机会，文学的天下必定是属于新一代的。副会长、著名散文家、文学评论家雷达博导，副会长、著名文学评论家李星编审都高兴地表示，今后会逐渐关注这些90后的孩子，还表示可以为他们写评论。2007年年底，中国小说学会在报社召开中国小小说年度排行榜评选会议，几位领导还专门询问90后作者的创作情况。

2009年，著名作家、茅盾文学奖获得者、解放军总后勤部创作室主任周大新到报社指导，听到我们介绍报社非常重视90后作者的培养，而90后作者也正展现他们的文学天分，报社准备出版一套90后作者的作品选时，周主任静下心来仔细翻阅那套书的部分选文，一边看一边赞不绝口，并表示有什么需要他做的他一定尽力。周主任的赞赏让我们备受鼓舞，专门在报上开设了《90先锋》栏目。这个栏目一推出，就受到90后作者、读者的欢迎。

2010年，著名报告文学作家、学者，中国图书奖、五个一工程奖、鲁迅文学奖获得者王宏甲到报社指导，见到报社出版的《青春的记忆·90后校园文学精选》及报上的《90先锋》专栏文章，大为赞赏，并称他们将前程无量。之后不久,我们决定出版《青春的华章·90后校园作家作品精选》。这套书收入18个活跃的90后作者的个人专集,也是90后第一次盛大亮相。曹文轩、雷达等为高璨作序,著名文学评论家李少君、张立群为原筱菲作序,著名评论家胡平为王立衡作序。此外,还有一大批中国作家协会会员如刘建超、蔡楠、宗利华、唐朝晖、陈力娇、陈永林、邢庆杰、袁炳发、唐哲(亦农)、孟翔勇、倪树根、李迎兵、杨克等都热情地为90后作者作序推荐。他们在序中都高度评价了这些90后作者的创作热情、创作成绩。当然也客观地指出了一些值得注意的问题。

90后作者的成长也引起了文学界的重视,他们当中不少人都加入了省级作家协会,尤其是天津的张牧笛还于2010年加入了中国作家协会。他们以自己的灵气、勤奋,正逐渐走向中国文学的前台。

张牧笛、张悉妮、原筱菲、高璨、苏笑嫣、王立衡、李军洋、孟祥宁、厉嘉威、李唐、楼屹、张元、林卓宇、韩雨、辛晓阳、潘云贵、王黎冰、李泽凯等无疑是这一代的代表。这其中我特别欣赏原筱菲。她不仅诗歌、散文等写得棒,美术作品别有特色,摄影作品清新可人。在报刊发表文学作品、美术作品、摄影作品2700多篇(首、件)。还有苏笑嫣。不仅诗歌写得好,小说也受评论家的好评。尤为可贵的是,她完全依靠自己的能力行走文学,却不去借助自己父母的关系走丁点捷径。还有张元。一个西北小子,完全凭自己对文学的执着,硬是趟出自己未来的文学之路。还有韩雨。学科公主,加上文学特长,使得她如鱼得水。

著名文学评论家白烨曾发表文章将40岁以下的青年作家群体细分为"70年代人"、"80后"和"90后"。他评价,90后尚处于文学爱好者的习作阶段。从创作来看,青年作家普遍对重大历史事件有所忽视,对重要的社会问题明显疏离,这使他们的作品在具有生活底气的同时,缺少精神上的大气。不过,在他看来,这些年刚刚崭露头角的90后有着不输于80后的巨大潜力。(转引自《南国都市报》2012年9月18日)

但不管怎样,成长是他们的方向,成长是他们的必然结果。

这次选编这套书,就意在为90后作家的茁壮成长播撒阳光,集中展示90后作家的创作实力。我们相信,只要90后的小作家们能沉下心来,不断丰富自己的阅读以及丰富自己的社会积累,努力提升自己写作的内涵,未来的文学世界必然会有他们矫健的身影和丰硕的成果。

我们期待着,读者也期待着!

目录

第二辑　岁月忽晚

第三辑　鹭栖听我音

第一辑

少年已故

我在，孟特芳丹酒吧

大冬天的早上有些薄雾，又像是朦胧的光晃在我眼前，我看不清楚。我穿着一件花格子短裤套了件风衣，再加上一双人字拖就出了门去。我要去的地方是公寓对面的酒吧。这是我所知道的唯一一家白天营业晚上关门的酒吧。我住的这条街很冷清，至少我出门的时间段它总是这样。风喜欢灌进我的袖口，有时又往我领口里钻，总之它喜欢和我玩起捉迷藏，让我摸不透它。

走过街道的时候一辆卡车刚好经过，它扫了一道长光，让我再一次看清了这间酒吧的名字，孟特芳丹。我无数次地问过酒吧老板这名字是什么意思，他每回都指着挂在酒吧里一幅画告诉我，《孟特芳丹的回忆》是柯罗在 1864 年画的一幅画。然后呢？没有然后。

今天我没什么欲望再去重复同一个问题，走进酒吧的时候，我看到里边空无一人，酒杯和桌子死气沉沉的蔫在那儿，椅子倒是有些不耐烦的招呼我过去。我往吧台那一坐，敲了两下木桌子，叮叮两声，像啄木鸟啄树的声音。服务生从里间走出来，有气无力伸了个懒腰。我认得那身衣服还有挂在胸口的编号牌。我想叫他给我来杯加冰的威士忌，但突然犹豫该怎么称呼他。酒吧的服务生，调酒师，音响师以及老板都是同一

个人。好吧,我像往常一样说六号,给我来杯威士忌加冰。

六号说我今天的行头像是在海边度假,又问我那么冷的天加冰不怕胃不舒服?我说怕什么,以前这时候我扑通一声跳进水里都没打战过。似乎有些答非所问。八号放了首 California dream,是《重庆森林》里的一首曲子,活跃起气氛。但酒吧里的东西还是提不起精神。十二号给我递酒的时候眯着眼睛问我,最近又写了什么新东西。我说没灵感,总是结不了尾然后丢一旁,已经丢了一大摞。

酒吧里来了新客人。一般情况下我是眼皮也懒得动一下,不过这女人有些奇怪,她带了自己女儿过来,让我不得不小心翼翼地盯着她们看。她往吧台这走过来,高跟鞋敲地板的声音跟鼓点配合起来相得益彰,在隔我两个椅子的位置坐下。这一动作到终止她也没有看我一眼。她点了一杯顺风。我佯装侧着身子喝酒仔细看看她。女人带着夸张的墨镜,头发染成金灿灿的黄色。这似乎没什么与众不同的,来这里的女人几乎都是这种装扮,搞不懂这样怎么会吸引那些男人如蚁附膻。反正我是不喜欢这样浓烈的女子,就像我从不喝浓烈的伏特加。不过她手臂上的那道疤倒是让我想起了我的初恋。

她是在我七岁的时候搬到我们家那院子来的,她特喜欢猫,每天没事就带着她那只大肥猫出来晒太阳。黄色和白条纹的猫从来不会激起我的任何兴趣。不对,应该说只要是猫我都没多大兴趣。偏偏这只猫喜欢趴在我们家阳台上,一副慵懒的样子看得我也昏昏欲睡。傍晚该吃饭的时候她便会站在她家阳台喊着咪咪,咪咪你快回来。猫挪了一下它的爪子,然后慢悠悠、蹑手蹑脚地往声音传来的方向走。我说,你的猫叫咪咪啊。她说是啊,怎么了。这名字可真土啊。你才土呢,哼。她生气地关上窗子,然后我捧腹大笑,这女的可真是小心眼儿啊。我看她还站在窗口,就故意问她,你的猫叫咪咪,那你不会也叫咪咪吧?她又把窗子打开,一手叉着腰,一手指着我,你这个坏蛋,你是大笨蛋。你还是小气包呢,小气包,我朝她做了个鬼脸。

这猫越长越肥,见着生人连一点儿恐惧的迹象都没有,我常常在午后写作业的时候跟它干瞪眼,它眼睛是黄色的绿豆大小,其实我更觉得它眼睛像我平时玩的波珠。它老喜欢打呵欠,张着嘴巴把眼睛眯成一条线。还真够眯的,怪不得叫咪咪。在我家阳台待久了它也自来熟,逐渐放开胆子钻到我房间里。虽说我不喜欢这些个小猫小狗小动物的,但没闲工夫把它扔出去,以至于它有时躲在我床底我都没发觉。

开门,你快开门! 是小气包的声音,我把门打开,问她什么事情。她说,快把我的猫交出来。谁要你那破猫啊。除了你还有谁,它已经一天一夜没回来了。我说那你进来看啊,铁定不在这。小气包把我家翻了个遍还是没见她的那只大肥猫,她一屁股坐下来,哇哇的就哭了起来。我说你别哭啊,你别哭啊。她不理我,哭得更凶了。好啦你别哭了,我陪你去找你的猫还不行吗。真的? 我刚说完她就不哭了,以至于让我怀疑她演戏的天分打小就有。她从地上爬了起来,非逼着我跟她拉钩不可,说是一定陪她去找她的咪咪。我很无奈伸出小拇指。我跟她把院子找了个遍还是没看到她的咪咪,我说,要不去外边找找? 她说她刚搬来不认得路害怕。我说没事不有我嘛。小气包就拉着我的手跟我一块出去。最后我们在垃圾场那块地发现好多野猫,她一眼就看到咪咪了,咪咪正跟几只野猫躺一块晒太阳呢。估计它是给闷坏了,小气包自言自语起来。小气包抱着咪咪笑得特别开心,两颗虎牙露出来还有小酒窝,我看着她觉得她挺可爱。野猫喵啊喵地叫着,咪咪突然挣脱出小气包的手,爪子不小心刮了她一道深深的痕迹,开始流出了血。小气包看着伤口又哭了出来,我赶紧把她送回家里做包扎。

晚上我看到小气包一个人孤零零地坐在阳台边,我知道她是想咪咪了。我跟爸妈说在院子里玩会,然后就溜了出去,跑了好远跑到垃圾场找咪咪。找了好久才把它抱回来。我把她送到小气包家里的时候,小气

包开心地抱住我，又笑得露出她的那两颗虎牙和酒窝，我觉得她真美。她说她再也不叫我大笨蛋了，我也答应她，不叫她小气包了。但在心里头，我还是偷偷叫她小气包。小气包每天都跟我上学放学。我们俩就一块长大了。小气包说她的伤口好了，但是留的疤该是消不掉的。

看着女人那疤的形状，我开始怀疑她是不是小气包。于是我凑过去问她叫什么名字。她先是愣了一下，然后很有礼貌地说，她叫茱莉亚。我笑笑说我叫爱德华。这真是个无聊透顶的游戏，十七岁的时候我和我的女友演出的舞台剧，两个主角就叫作茱莉亚和爱德华。

不过我的女朋友当时没有染成黄头发，而是黑色的直发，我喜欢她的头发。我常常搂着她的腰，用脸去贴她头发，有一种清香的味道。夏天的午后，我开着摩托载着她往稻田里开。我没有驾照，所以总是避开人群，这样安静的时光就只属于我们两个人。风把她的头发吹起来，在空中飘着，我看不到，但可以想象出来。我们到一整片的茉莉花地边躺着，让她给我唱歌，她却总是害羞说不会唱。我知道她会唱，就故意挠她痒痒问她唱不唱。有时我也带上吉他，在麦地里给她唱歌。她总是安静地听着。

在舞台上她说，爱德华对不起，我不想离开你，可是我活不长了。剧本让她死于一场绝症，我在她死后抱着她痛哭，天空很应景地下起一场小雨，让在场的观众面颊都湿答答的，不知道是真的感动得落泪还是这雨打在脸上。但至少我抱着她的时候我确确实实哭了，排练了那么多次我都没哭出来，这么狗血的剧情一直让我觉得无聊，可真正演出的时候，我看她苍白的面色竟真的哭了出来，我紧紧抱住她，害怕她真的就这样离开我。演出结束，她问刚刚是真哭假哭？我说是雨水吧。她笑了一下，你放心，我一定不会死在你前边的，我要先死了，你肯定跟别的女的在一起，到时候我又会气得活了过来。我说，傻瓜，什么死不死的，我们白头偕老，哈哈。

女人问我怎么突然傻笑起来，我说你的名字让我想起一个人了。她说是吗，你的名字也让我想起一个人。我没多大兴趣要听下去，但这个女人似乎被挑起了说话的欲望，她把一只腿跷起来，用手指捋了下头发，我喜欢的那个男人也叫爱德华。

他是个外国人？我打了个呵欠表示没兴趣。他是香港人，不过刚被我捅死了。她说这话的时候凑过我的耳边声音只有我听得到，我感觉她露出什么阴险的表情，但没敢转过头去看她。我说哦。声音有些晃。你怎么一点儿反应都没有？你说的是真的？你没骗我吧？当然是假的。谁会在这种地方说真话？我啊。我笑笑，她也扑哧笑出来。我倒是真想杀了他，你们男人都一个样，说话没一句真的。你们女人说话才没一句真的，刚刚是你骗我又不是我骗你。那不一样。怎么个不一样啊。

我突然觉得这是这个女人惯用的伎俩，三下两下就把我引到了她的话中。

我不知道该接什么话。

嘁，你觉得很可笑吧。像我们这种人，还期盼什么结婚？不都是为了钱？

我说也不一定啊，或许也会有真爱。

真爱？我没听错吧？一个大男人跟我说真爱？你们男人眼里会有爱吗？

怎么没有？你别一竿子打翻一船人。

她一把扯住她女儿的头发，扭过脸对我说，你知道我为什么生她吗？我以为，他会为了自己的孩子跟我结婚。他老婆生不了孩子，那个满脸皱纹的女人。可他呢？给了我一间房子，每个月往我账户里打钱，每个月来一两趟，然后每次都会答应我结婚结婚。什么结婚，都是屁话，鬼才信。五年了，用这话把我捆了五年。我现在真后悔生了这东西，一点用都没有。

我仔细看着这小女孩，她被揪着头发连一点儿反应也没有，手臂上都是红紫色的痕迹。这女人可真恶毒。我有点儿不想和她说话了，我对这种抢别人老公的女人本来就没什么好感。可她说着说着竟忽然哭了起来，细细碎碎的哭声让我又有些心软。

我忍不住又看了她一眼，她拿高脚酒杯的姿势和我妻子一模一样，我看着玫瑰色的酒抚过她的唇再从她的喉咙滑下去。她的嘴角真美，真像我的妻子。

我的妻子是个素净的女子，她是美院的学生，读大学的时候常常到河边写生。她作画的色泽冷僻，喜欢画冬天结了冰的河水，阴天的小镇，笼在雾里的远山。毕业后她去了布鲁塞尔，又去了巴黎以北桑利斯镇附近的孟特芳丹，那里有柯罗的记忆，她喜欢那幅画，更喜欢那画背后的故事。但她从不愿告诉我画的秘密。我为她写了一首曲子，在她生日的时候用吉他奏给她听，我说，你愿意嫁给我吗，我这个穷酸的无业游民。她在我的脸颊上留下深情的一吻，轻轻地说，不论生老病死，我都愿意陪着你。我给她戴上一枚纯银的戒指，没有钻石，我说对不起。我爱的是你。她笑得甜美，嘴角轻轻扬起。

想到这些的时候又恍惚感觉这天气暖和起来了。难道是春天来了吗？

那个叫茱莉亚的女人没有继续哭下去，她出奇冷静地看着我。我似乎听到她在说，爱德华，你看看我们的孩子，长得多像你啊，上天真是眷顾我们，让我们过着那么幸福的日子。我的心忽然慌乱起来，情不自禁地凑过去要吻她。

啪。她给了我一巴掌，嘴里说着你们男人怎么都一副德行啊，真恶心。

我脑袋突然晕乎乎的。

我似乎看见了我妻子死去的那一刻，又或许此刻的我才是清醒的，因为我感觉到我哭了。我的妻子，她在我七岁的时候搬来我们家院子，那时候我第一次拉她的手，一夜都没有睡着。每天我们一起去上学，把那条路走了十年。十七岁的时候她答应做了我女朋友，我为她燃起来七色烟花火，亲吻她的时候心跳得极快。二十二岁我们结了婚，搬出来住在一个荒僻的小镇。五个月后她怀上我的孩子，然后她在一个寻常得不能再寻常的周末出了车祸。上天，你这算是眷顾我吗？

我擦了一下眼睛溢出的泪水，看看表，这是我五年来第一次看表，指针在五点一刻停了一秒，又继续转动。我突然发现原来我过的是夜间写作白天睡觉的日子。我在黎明出门，白色的街灯把周围照得如同白昼一般。经过了一夜的狂欢，我总是在酒吧快关店的时候来感受它的冷清。服务生，调酒师，音响师和老板当然不会是同一个人，他们只是穿着同样的白衬衫胸口挂不同编号的人，只是我从未仔细看过他们的面孔。

妻子死后至今已经过去五年了。我是个糟糕透顶的作家，这五年我没有完成一篇完整的小说。我总是在故事快结尾的时候断了所有的灵感。我可以写下很多的剧情让故事曲折有致，但不知道为什么，我写不出结局。又或许是，我不敢写出结局。

天亮了，今天是一个寻常得不能再寻常的周末，我该回家睡觉了。

我在，玛特芳丹酒吧

我在鹿港

十一那天早上我从观音山坐了 96 路公交,在沸腾、嚣张、逼仄、汹涌的人流中安然无恙地回到白城附近租的小公寓。一年一年看见这些大军从东边西边北边和南边肆虐拥过来我已经丝毫没有了起初的新鲜感,呆滞木讷地看着海水吞噬着莫名之物,再吐出莫名之物。

插进钥匙推开门我就一头栽进床铺,打了个长长的呵欠,仿佛筋骨松动起来又重新整合了一般,骨节排列的颤动刺激了耳鼓,一阵软酥之感。昨天晚上吹了一夜的海风,恐怕是着了凉,幸好有台湾面馆老板娘鲜美的三丝丸面和那杯感冒药才不至于一副病快快。到这里七八年了,从来没有那样感受过如亲人般备至的关怀,本来我该是热泪盈眶地感谢她的,却因为一个突如其来的喷嚏笑了场。

等我被一道热乎的光晒醒的时候,被单已经自由落体同黏糊糊的地板合为一体了,我弓着身子,像被煮熟的虾条。因为走得匆忙回得松散,窗帘也没有拉上,阳光肆无忌惮地照射在四壁、地板和床上。

窗口外边沸反盈天,我走到阳台,鱼缸里三株鱼苗暴毙,剩下那只穿梭在浑浊的水中游弋。死去的那些突兀的眼珠仿若诅咒着什么,翻起白肚皮,一动不动,任水流将它们来回冲激。那只活着的,疲倦地忽游忽停,事实上我并不清楚它或它们在想着些什么，被圈在这个狭隘的空间里，弧形扩大的世界，短暂的记忆，每一次都宛若新生，可新生是什么，是斩断以往的一切，还是孤独的透过。

未来遥遥无期，而过去的早已了无踪迹。

五年前当坚果同老姚分手投入我怀抱的时候我的心底像是被扎破了一个无底洞，空虚之感分秒不停地涌入，原本我以为我会亢奋、跳跃、如获至宝，但事实上是，我失去了整个世界。

阿默亦从那个时候同我翻了脸，他去了上海；不久老姚追随太宰治到日本留学，三年前卧了轨，连尸首都没能觅回；而坚果，在我最颓然的时候也北上去看雪了。我度日如年同生活打起了拉锯战，在鹭岛搭窝，在公司做小职员，单身无情人无友人的日子让我觉得似活非活，似死非死。只怪我们早已放弃了原初，踏平了底线。旧日老友今日全然无影，MSN、Email、QQ、TEL number 早就删得一干二净，逃离了生活的人注定是要奔入悲剧之中。幻影像巨大潮汐在月圆之夜将我覆灭。嗤笑、忧郁、冷漠、反感、抽搐，城市病让我拥有的只是这些。大喜大悲抵不过小情绪的宣泄。

镜子里长满胡茬儿的我仿佛在提醒着自己，蝇营狗苟地活着只会陷入更加悲惨的境遇，可那又怎样，我根本没有反抗的能力。此刻我想起了阿默，那个斯文、干净的模样，同我形成截然的反差。可笑至极。

1999 年世纪末人心惶惶。那一年我们十三岁，对一切都感觉如此新鲜，校园电台总在黄昏散场追赶时髦播放着流行歌曲，然而红砖墙渗透出的颓废之感却又像是一种落寞的自白。拆除与重建，小县城在夜以继日地换血，换掉肝脏、皮囊，斧头一砍一根断裂的碎骨。他们说这是为了迎接千禧年和新时代。可那与我们无关。我们只想在废墟里挥舞着棍棒，提着破收录机在拆卸钢筋前放着涅槃，在旧砖墙边撒泡尿，在老树根后捣乱。夕阳和黄昏让我们瞬间变得苍老，自以为羊肠小道望穿人生轨道，

可惜那不过是在盛夏提前到来的泛滥秋水。

我同老姚拿着美工刀站在巷陌的拐角，高耸的灰墙壁垒遮住的晚妆的夕阳，七时一刻，一双蓝灰色帆布鞋率先跃入我视线。白底灰绳，不沾泥屑。我把老姚往后推，自己先冲锋上阵，拇指和食指轻按美工刀握把，露出一截银白的闪光。但我只是僵持在了那里。他竟一眼也没有朝我看过来——他戴着一副沉沉的眼镜，背着四方黑布书包，眼睛一直盯着手里那本厚书籍，缓慢地翻页亦如他缓慢的步伐，似乎对这条路径的每一寸都娴熟于心，淡然、坦荡。白衬衫，黑长裤，就这样缓慢地从我视线移开，老姚劈头盖脸骂我："你傻呀！干吗不拦住他。"我默默地念叨着方才余光瞥见书脊上的那几个字，"列夫托尔斯泰"、"复活"。我把手上的美工刀往地上一扔，架起老姚的肩膀说："以后我们不干这种勾当了。"夕阳在最后一刻耷拉下了脑袋，小城陷入黑色的恐慌之中。

在同阿默相互熟稔之后每每谈到这段事情总不觉捧腹大笑。阿默说他能想象我们那副模样一定像足了四处游荡的小武。穿梭在这个小城最萎靡不振之处，然后同荒草一般芜杂地生长。反倒是我记不清当时老姚为什么要跟我混迹街头，他有个有钱的爹，有个美艳绝伦的年轻后妈，还有大房子住；而当时我们家租在废弃修理厂的危楼上，那像极了个乱坟岗，很多工人被搅拌机搅得血肉模糊就同水泥一道拉出来凝固在地上，母亲对生活从来就没什么指望，她每天喂了大黄就去河边捡点菜叶，然后操起细棍就打我，毫无缘由地打，哪怕我只是趴在床上睡觉，她也能用小木棍抽打得我皮开肉绽。不过那都是小学时候的事情了，我上初中以后母亲就对我恭敬多了，因为我已经比她高了，力气也比她大得多，她知道她打不过我，但可以让我慑于她的威严。父亲常年在外拉货，同我小叔两个人轮班驾车，一年只有不到半个月的时间能见到他，所以用句俗不可耐的话讲，就是，我同我母亲相依为命，但事实上我从来不会

那么说。

　　阿默是个十足的好学生，那个年代的好学生都是一个模子刻出来的，学校要求剃平头，不准穿牛仔裤和超过两个口袋的裤子，动辄以着奇装异服为由来殴打学生。那个时候的教务主任叫何武，膀大腰粗，走起路来结实的肥肉一抖一抖，手臂上还有刀疤，关于他的来历，学校里的传闻实在是多，诸如他以前是混府城帮的，在海湾夜店做保镖，又如他是大明山山匪出身，扛过枪砍过人。但不管如何，大家都有一致共识，就是，千万别招惹他。他训斥学生的时候有板有眼的，比如，不让男生穿牛仔裤是因为紧裹着生殖器官容易发育不良，甚至会过早阳痿；女生就更不能穿牛仔裤了，那样会患上子宫癌，子宫癌是什么，就是以后生不了孩子。他是当着全部学生的面在操场上说的这些话，一点儿也不害臊，反而津津有味。至于对待那些头发长的，侧触耳，前碰眉的男生，他会直接揪着头发，然后用打火机烧着前头的两撮毛，一般的就腿软地顺从了，当天赶紧剪掉；实在是硬骨头，他就真会踹两脚，掴巴掌。奇怪的是自己的孩子被打了，家长们都觉得是理所当然，就该让学校好好教育教育。

　　如果阿默是那种离高压线老远的优等生，那么我就是他的对立面，让老师头疼不已的差生。那个时候流行喇叭裤，吧嗒吧嗒我穿着木屐来上课，班主任一看，拉到办公室训斥我，我叉着腰，斜抬下巴，眼睛瞅都不瞅他一眼。他恼怒了，赶紧给何武打电话，何武一过来，立马踹了我两脚，可我哪会傻愣愣地站在那里任由他打，我拔腿就跑，从螺旋式的楼梯一跳四阶地向下，何武是个大胖子，根本跑不过我，我绕过操场边的厕所，一蹬腿向上爬两下就翻出学校的围墙。

　　我卧墙的那一瞬抖落了一些土灰，左脚木屐没套稳掉脱下去，哐当砸到了什么东西。"噢！"蹲在外头围墙边的那人立马抬头看了看我。我喊一声：兄弟。然后从口袋里掏出了一包烟，分给他两只，他原本皱着

眉头的脸立马松弛了下来，勾搭着我的肩。他是老姚。那是我第一次见到他，灰头土脸却穿着鲜艳的花花绿绿的衣服，他站起来的时候显得高大壮硕，在一堆十三四岁的男生中怎么都算是鹤立鸡群了。我说：兄弟，怎么一个人坐在这呢？

"嘘……"他把我按下来，也蹲坐在地上，把原本竖直放在嘴前的那只食指指向了前方。

我睁大眼睛。噗，居然是两只蝗虫尖尖的屁股顶在一块，柔情似水。我把他拉起来："走，上那去，要不保安得追出来了。"

他看了我一眼，把烟叼在嘴里，含糊不清地说："你谁啊？"

"我，二班的陆小路。"

"你就是陆小路啊！"他忽然又笑逐颜开了，"我叫姚金钱，他们都叫我老姚。"

"哈哈哈，你这名字起得真好听！"

他没有接我的话。

"怎么，不高兴啊。得得得，上电玩城去，我请你。"我摸摸裤袋，笑僵持住，尴尬问他："兄弟你身上有钱不？"

老姚点点头。我们大摇大摆地在光天化日之下就穿过马路去打起了电动。

老姚只叼着根烟，连抽也不会抽，我帮他点了火，他吸一口直接呛住了。我大笑他。他也摸摸脑袋向我请教。我说：学着点。然后吐出烟圈扩散在空中。一脸得意地看着他。

我哼着过时的罗大佑的《鹿港小镇》："假如你先生来自鹿港小镇 / 请问你是否看见我的爱人 / 想当年我离家时她一十八 / 有一颗善良的心和一卷长发"——这首是我爸在公路上开着大卡车时最爱哼的歌调。起初我并不觉得这有什么感伤的，也不知道鹿港小镇是哪，台北是哪，只知道那是外面的世界，外面，就是走到城郊，再随便跳上一辆长途汽车奔驰而去的外面。老姚说我唱得真好，然后要我教他也唱。我说，你舌头太长，老打绞，学不会。

那天我跟老姚在电玩城了搓大机一直搓到九点多，饥肠辘辘，两个人走到东门桥边吃了几串烧烤，在小东街就此作别。

这便是我和老姚初识的过程，有点神经质的，又带着些莫名其妙。那个时候我还不知道老姚他爸是学校书记的老表，也不知道在小城的四个角都分布着他们家的房产，更没想到我之后所有在学校混着的日子都有他的影子。只是在他死后我总是会蓦然地问起自己，我是真的认识他、了解他吗？我害怕脑海里闪过他的眼神。

老姚的眼神是从来都看不见忧郁，陷进去，空空的，像是什么也没有。你只会感觉那是个愣头愣脑的傻小子在发呆。他语文作文编故事倒还行，数学却是从小学到高中从没上过三十分。高中那段阿默怕他考不上大学整天逼着他做数学题，阿默说："在这里上初中高中进个学校你爸能帮你，出了这你还以为你爸真那么神通广大啊。"老姚不语。他一副受了委屈却又噘着嘴巴的模样。我们两个看着他都乐坏了。

不过老姚倒是挺用功的，每天啃着数学卷子背公式和例题，把坚果撇在一旁。

坚果是我见过最美的姑娘。长而黑的头发，齐刘海，眼睛是褐色的，两瓣薄薄的粉嘴唇，总是嘟起来表示抗议。那时候放了学我们最常见的组合是，老姚揽着坚果的腰，我们像两颗硕大却不知廉耻的灯泡走在老姚的旁边，四个人横霸了整条道路。这样的组合是奇妙的，阿默成绩绝佳，老姚笨得不可理喻，我则常常跷了考试在发廊同那些徐娘半老的阿姨们聊天，坚果是个艺术生，每天黄昏过后都会在画室里折铅笔。那间画室我去过，简直就像是一个斗兽场。不知道是那些搞艺术的太有情调还是太无聊，几乎人人都养起猫猫狗狗的东西，屎尿拉得满地都是，跟颜料和烟屁股混杂在一起，辨不清楚。尤其猫很多，缺胳膊断腿的占了半

壁,蜷缩在角落等着别人喂饭。坚果说那些是画室里一个复读生捡来的,现在已经高六了,他的脸很臭,他总说要是今年再考不上,就卷铺盖回老家了。有人对他捡的猫不爽,又臭又爱叫,但打不过他,于是不知从哪里抱来一只母鸡,扔在走廊上咯咯咯也每天叫个不停。坚果说那个地方乌烟瘴气的,气氛又僵,待着没意思。于是就常常叫我陪她出去在学校里溜达。

我问她:为什么不叫老姚?

"你又不是不知道他那人一点儿意思都没有,"坚果嘎嘣咬着瓜子壳又吐出来,"话都说不清楚。"

"那我有意思? 嘿嘿……"我眯起眼问她。

"不正经。"

我们两个坐在球场边的阶梯上,风肆无忌惮地吹,天色很黑,我看不见她的脸,但能感觉得到她长长又黑的头发在飞。周围荒凉得没有半点人影,隔着不远处的围墙是一条河和沿河而置的田野,春天了,夏天了,秋天了,冬天一来,这里就更冷清了。

"走吧,我带你去一个地方看看。"我站起来拍了拍身上的灰尘,然后帮坚果也拍拍。

"去哪? "

"去了就知道。"

我要带她去的地方是一片废墟。

"这里? "

我点头。

"可这里什么也没有啊。"

"你还记得以前这栋楼还没拆的时候长什么样吗? "

坚果摇摇头。

我从口袋里掏出一根孟菲斯,点上。

"你知不知道这楼顶上当年有一个地下组织？"

"这不在楼顶吗，怎么个地下组织？"

我想了想："那就非法组织吧。"

"是干什么的？犯罪团伙？"

我叼着烟差点没笑出来："你看我像犯罪团伙的吗？"

"还真有那么点像。"坚果把我嘴上那根烟拔了下来，扔在地上用鞋踩灭，她踮起脚，凑过来吻了我。我紧张地闭上了眼睛。

"看你紧张的样。"坚果的嘴唇只在我嘴唇上停留了一小会儿就移开了。

我哆嗦得连话都说不清楚。手从口袋里又翻摸着烟盒。

"别抽了，对身体不好。"

"哦。"那一刻我不知怎么便乖顺起来。平时我妈就算气得要操起家伙打我我都处变不惊。

后面发生了什么我全都忘记了。我只记得那天晚上我翻来覆去睡不着，我脑子像卡了带的放映机眼前不停地出现她踮起脚、轻吻我的那一幕。接着是闪过老姚的脸。于是我开始心虚，怀有罪恶感的，冒冷汗。

我努力地回忆我为什么要把她带到那篇废墟地。

于是我想起了那段不朽的光阴。

在说到"不朽"这两个字的时候我心虚了。因为和我有同样记忆的其他两个人一个已经死了，另一个恐怕也早已把我忘记。而我更怕自己这副臭皮囊，这个不中用的脑子会在某一刻就像断了电一样黑屏，什么也记不住——

阿默问我："你当时究竟为什么没有拦下我？"

我当时脑子里闪过的念头是，列夫托尔斯泰这个又长又臭的名字似乎在语文课上有听老师说过。很熟悉，却又记不起来。我的语文老师，夸过我的日记写得很好，把自己怎么翻墙出去再骗过保安大叔的过程写

得很真实。那是我第一次被夸，我害羞了，所以我喜欢听语文课，没有捣乱，喜欢听老师讲海子的故事，可我不明白他为什么卧轨了。我更喜欢他讲《三个火枪手》的故事，很帅。

我没有把这个原因告诉他，而是说："我那个时候突然肚子疼，实在憋不住，脸都青了，哪还能吓唬人啊！"

他把他鼻梁上那副厚厚的眼镜摘下来，然后无比厚颜无耻地说："这可真叫人大跌眼镜啊！"

"要不要我现在补回来？"我朝他握起了拳头。

"别别别。您还是留着给别人吧。"阿默把那副眼镜又重新戴了回去，一副斯斯文文整整齐齐的模样。

我常常坐在桌子的另一头看阿默读书。老姚就坐在我旁边写数学题。我无所事事。心想着，阿默是要考大学的人，老姚再不济也有他老爸养着，我活着干什么劲儿？

我已经记不得阿默对我说的第一句是什么了，但他说的最后一句话想必很符合我那时的心境。他说他对我很失望。

事实上，我一直对我自己很失望。窝囊的不像个男人。我千万次地幻想却永远也不可能再像我父亲那样洒脱，游荡四处，也不可能去见见那个鹿港小镇，那个台北，那个卷发姑娘。我什么也没告诉他们。

我的父亲死了。没错，是死在车上，双手和头都伏在方向盘上，身体已经被压瘪了，露出腥臭的肠脏。我闻着腐恶去驱赶开那些苍蝇，穿制服的人拦着我，不让我碰他。母亲改嫁了，她倒是脱离了我，脱离了苦海。我像是个丧命的孤儿。但我一点儿也不悲伤。

我叫老姚出来陪我喝酒。酩酊大醉。我伏在他身上吐，他驮着我回他家。我说，你有个有钱的爸，还有个那么漂亮的后妈，你还有什么不满足的。他把我摔在地上。于是我打他。重拳落在他脸上。他还击。我再打。我们两个发泄着体内积蓄依旧的力量搏斗着、撞击着、厮打着。如熊虎斗,撕心裂肺,团团翻滚。筋疲力尽了,两个人抱在一起哭。醒来又睡去,然后接着睡去又醒来。

从一生出来有记忆,到我十三岁以前,我认得清的人加起来,恐怕都没有我十三岁那一年我认识的两个人多。我发现我根本记不清父亲的脸,他的形象是那么的模糊;而母亲,我从未直视过她。家里不会来什么亲戚客人,那么破烂窄小的屋子,巴不得躲起来深埋入地底,又怎会让别人看到。外公外婆爷爷奶奶我也没有见过。那间屋子,如荒岛,狭缝中长满虫蚁杂草,砖墙摇晃。从我出生就住在那间房子,到我父母亲都离开我的时候我也还是住在那里。我像是一个无人认领的孤童,幼儿园没读就被送去念小学,家长会上从来都留着一个空座位,如果真有剔骨还母,那我愿意拆卸了自己再把自己重新生出来一遍。

我很珍惜他们两个,老姚和阿默。我们三个人待在一起可以自由地、肆无忌惮地说。老姚说着他父亲带着他在世界各地游玩的场景,阿默跟我说那些小说里的故事,而我说着那些夜晚点蛙,白日捉蛇的段子。我带着他们到秋日收割过的野地上做红薯窑,堆砌土块围圈生火;到山上去砍竹子做竹筒饭;在溪流边钓鱼;捅马蜂窝……那些癫狂的少年才会中意的玩乐。

我发现其实阿默并不像他外表那样斯斯文文,他卷起袖子脱了鞋子奔跑起来就像个十足的野孩,像匹脱缰的野马。倒是老姚,实在是笨,燃火学不会,劈竹子斩不开,还老是把鱼惊走。

以前我做这些事的时候总是一个人,躲进深山老林里,累了就仰在草地上嘴里叼一株三色堇,看看天,闭眼睡去。等我同他们在一起后,乏了就有人陪我喝酒聊天吃着花生米。说实话我那段时间特别怕天黑,好像天一黑他们就会被风吹散了一样,如只在白天出没的孤魂野鬼。

庆幸的是临走前阿默都会丢下一本他翻得快烂掉的旧书给我。我欣喜若狂。没钱去搓大机的时候小说是最好的解乏之径。

可我养成了一个很坏的习惯，我偷偷地撕下每本书里那些我最喜欢的一页，我用唾液沾满它们，欲图占有它们，我把它们贴在我的胸前、背后，然后用死鱼一样的眼睛盯着它们，不让它们逃跑。所以每本书还给阿默的时候总是残缺不全的。就像我们那残缺不全的人生。我把那些书页都叠压起来放在枕头的下面。我以为它们会永远藏在那里。里面藏着桀骜不驯的霍尔顿，有浪漫不羁的萨冈，有穿行各个时代的王二，有沉沦颓靡的零余人。

老姚也会给我带来很多的卡带。可我没告诉他我没有收录机，我也从不在家听歌。老姚说这些磁带送我了就送我了，他不要我归还。于是它们就变成了一条条缠住身体的黑色长带。出来了便再也进不去。

我把那些东西统统都藏好，在那间无人的屋子里。

坚果不知道从什么时候闯进了这个世界。老姚被她俘获得茶饭不思。她是个特别逗趣的姑娘，大大咧咧讲着段子，跟我们三个男生一块出去吃烧烤的时候喝起啤酒来一点儿也不含糊。我佩服她一个姑娘有那么大的酒量，即使是喝醉的时候也那么红粉诱人。

坚果给我看过老姚给她写的情书。工工整整的字句还没有一点儿病句，这哪像是老姚干出来的事儿。我说："这准是他花二十块钱让别人替他写的，这兔崽子几斤几两我会不知道？"

坚果不信。

后来我问老姚，他一口咬定就是他写的。我说："你小子真的为了爱情连智商都进化了？怎么没见你数学分数有长进？"

他扭过头不理我。

我明白老姚这回是真爱上这姑娘了。她是那么的活泼美丽。我嫉妒他，也嫉妒她。他们两个约会去的时候就剩下我和阿默两个光棍坐在城西体育场的台阶上闲聊。我总不明白他都在想些什么。他说得很少很零碎。有时候我想，我们三个性情完全不投的人是怎么待在一块的。

他无数次地跟我提起他想考去上海，我问他为什么，他说，小说里写着那里有冬天结霜的黄浦江，秋天有叶落一地的法国梧桐，夏天有汗流浃背穿着背心穿梭在街市里的黄包车夫，春天，春天有穿旗袍的上海女人。

"你喜欢什么呀陆小路，从来没听你说起过啊？"

我拨开易拉罐的拉环，咕噜喝下一口啤酒。我们坐在小城的制高点，下面是五彩斑斓的世界，背后是黑色的无边无际。我并不知道我喜欢什么，也想不明白我该往哪走。

2004 年高考的时候我缺席了。前一天晚上我们那片废旧的工厂起了大火。燃点是我家对面二楼那只残余油料的废桶。他们说轰隆一声便烧起来，火势蔓延得极快，邻居家熟睡的婴孩烧成了焦炭，他的生命才开始就已结束，那些废旧的陈放多年的机器爆裂开来也完成了老朽的使命。等我回到家的时候已经什么也没有了。黑色的惶恐。我才意识到我这下是什么也没了。

那天晚上我跟老姚借了三千块钱，跳上了往东边去的火车，从西南边一路逃票到了厦门。

活得并不如意，但总算是活下来了。

尾声

冬天的时候我回了一趟学校。那栋被拆除的楼现在建起了一座崭新的食堂。

2001 年我们三个人翻墙进来的时候它有八层，是这个学校最高的楼。阿默说这个地方可以组建一个死亡诗社。我不解。他说是一部影片。这个裸露着钢筋水泥废弃的天台于是成了三个人的聚集地。我们在这脱了上衣奔跑，让大雨冲刷。阿默大声的读诗，我生火，老姚盘腿而坐。

我说,我诗歌没办法写得像你那么好了,但我可以写小说。我要写好多奇妙的故事,像《三个火枪手》那样的,天上的地底下的,生存着的死亡了的。

2006年坚果、老姚和阿默来厦门看我。我冲动喝了很多酒。然后坚果留了下来,老姚走了,他去了日本。

阿默说我不是人,对我很失望。然后他也走了。

2008年冬天,坚果去了北京看雪,终究不回。

我已经疲倦了。

那只还活着的、似乎气喘吁吁的鱼儿,在水里徘徊游着。我洗了澡出来,热腾腾的水汽弥漫这间窄小的廉租屋。未穿衣裤。我用手伸进冰冷的鱼缸里,轻柔地掬出那三株死掉的鱼苗。把他们放在我蓬勃跳动的心脏前,触碰我粗粝的皮囊。把它们装进透明的塑料袋里,捆好,密不透风,松手,落在了腐臭黑魆魆的垃圾桶里。

"假如你先生来自鹿港小镇 / 请问你是否看见我的爱人 / 想当年我离家时她一十八 / 有一颗善良的心和一卷长发……"

"喂,你好哪位?"

"陆小路吗?我是常虹,四班的班长啊。"

"常虹?"我一时想不起来这个名字。

"你的电话可让我好找啊,毕了业你整个人就跟蒸发了一样。下个月四班同学聚会呢,你能回来不?七八年了,难得聚一聚。"

我犹豫了一下:"阿默他回去吗?"

"阿默?阿默是谁啊?"

"张默生啊。"

"呵呵,我们班有这个人吗?你记错的了吧?陆小路。"

"怎么可能!那坚果总回去吧?"

"坚果?坚果又是谁?"

我沉默。

"那,你知道老姚去世的消息吗?"

"老姚? 谁啊?"

"姚金钱。"

"你说的这些人都不是我们班的吧,我怎么一个都没听过啊。"

"哦、哦,那,我现在在台北呢,恐怕是回不去了,通行证也办不及。"

"台北? 你去台湾了啊,在台北哪儿呢?"

"鹿港。"我撩开窗帘,看到海的那一边,远方有个我看不到的岛屿,我深吸一口气,"我还有事儿忙着呢,不好意思,先、先挂了。再见。嘟嘟嘟嘟。"

少年已故

一

我刚从糨糊一般黏人的大雨中逃脱出来,裤腿湿了一大截,鞋子里边积了厚厚的水,懒得烘干,一进门就脱了鞋裤和上衣径直往沙发走过去,扔得七零八落。

一边吹头发一边去摸搁在裤袋里的手机。十二个未接电话让我吃了一惊。雨声密密麻麻不休止，明明才春天，却一点小家碧玉的缠绵也没有，猛烈得像提早到来的夏雨。我懒得抱怨什么，回过神翻手机记录。

全部都是詹飞打来的，我有些莫名其妙。他一年到头忙得连个影都不见，怎么这会儿有工夫找我。还没等我缓过神，电话又打过来了。

"喂，宇森吗，你怎么现在才接电话。"

"刚没听见，怎么了？"

"阿豪明天到火车站，我这边有事走不开，你去接一下他。"

"阿豪？！那小子舍得回来了？！"

"鬼懂他。还有，他不回家住，反正你那就一个人，看能不能给他安排一下。"

我犹豫了一下："那……行吧。"

我不明白阿豪怎么突然回来了。他到北京七年，中间就回来过一次，还是因为他爸脑中风去世他才舍得回来。他一路骂骂咧咧地去医院签单，跟我们几个借了几千块钱，安葬了老人后叫我们出来喝酒。一直沉默，问他他也不答。后来等人都散了，天也快亮了，他晃悠悠地踏上去北京的火车，一溜烟似的消失得无影无踪。

我不明白他为什么现在会回来，就像我当初不明白他为什么要走。复读半年后忽然回家收了行李扛一把吉他跟一大群人上京。没人知道他日子过得怎样，但可以猜测一定过得不太好。

詹飞、阿豪、罗杰和我，我们四个是一块在城西那区长大的，家离得不远，几岁就一块闹腾。彼此的性格虽然差得多，但什么话都能说到一块。阿豪他家家境不怎么好，父亲是工厂工人，母亲本来在宾馆帮人打扫，后来因为一点儿纠纷被罢了职。阿豪不肯说，我们也就没怎么问。詹飞这人好面子，爸妈都是单位职工，说起话来也口无遮拦，但他心眼不坏。这几年混得不错，才二十老几，就挺着个大肚子四处应酬，又在城北买了房。至于罗杰,自从高中搬到城东那头之后,因为隔得远,联系就淡了。

我同阿豪的关系最好,但他这次回来没有事先通知我而是告诉了詹飞,我是猜得出原因的。他一直觉得欠我人情太多,不想麻烦我。

挂完电话,詹飞给我发来了阿豪现在的手机号。我在心里默念了一遍,想从这一连串的数字中拼凑出一点玄机,但是未果。我不禁为自己的猜想感到可笑。都过了那么多年了,谁还是当初那个自己呢? 我又怎么可能猜得透。

我光着脚走在木地板上,之前身上带回来的雨水拖成几道痕。毛下腰捡起地上的几件衣裤,把这些天堆搭在一块的空酒罐和烟头清理好,桌上那些物什也摆放整齐。是为了迎接阿豪。

其实我心里一直埋怨他什么都不肯告诉我,凡事总自己扛着,而后我有所察觉了又已过去很久。他性子倔,固执,很多他周围的人都看不惯他,但我正是因为他的脾气才如此看重同他的这段感情。或许吧,他骨子里的叛逆是我永远无法企及的。我一直规规矩矩念书,不旷课,不晚归,连大学也是按照父母的想法在市里一所普通大学读了会计。而我唯一一次反抗,就是毕业后没有按父母给我找的路子进单位实习,而是执意在小城某个角落开了家书店直到今天。我是怕我再做出让步的话,这辈子就这样殆尽了。现在的日子在外人眼里又总是鄙夷的吧,开一家每天顾客不足百人的小店,扣去房租,收入微薄,没有女朋友,与父母隔绝,背地里这样说我的人不在少数,我不想辩解什么,因为总觉得自己理亏。我想我走的路子,总像是步入阿豪的后尘,只是他从来都是一副不顾一切的架势,而我是想得周全,仍有抽身的余地。这些不同,源自于他是阿豪,而我是郑宇森吧。

二

到车站接阿豪的时候,他比我想象的要苍老得多,头发蓄得很长了,脸极瘦削,眼眸凹陷很深,只是笑起来仍旧让我感觉很熟悉。他背上背着他那把吉他跟了他很多年。我走过去给他一个拥抱,停留的一瞬间我感觉到他满身的倦意,这么多年,或许是真的累了。我揽过他的肩,带他拥入翻覆的人群,又脱离出来。这过程我们一句话也不说,空气有些凝滞。

"那么久不见我怎么觉得你小子变帅了?"上车的时候他撇过脸看我一眼,兀自说得起兴。

"我倒是觉得你越来越有艺术家的气质了。"我松了一口气。这场景我昨晚设想了很多回。

"这次回来我不打算走了。"他的这句话迅速让我溃散的注意力集中到一起。我看着他愣了好久。

"这次你为什么回来?"

他又沉默下去,不发一言。他这副样子总是能让我习以为常,尽管那么多年未见。我没有追问下去,我知道该说的时候他总是会说的。

一切安好他进了我家。

"你一个人住这?看起来不错嘛。"

"马马虎虎。"

对话戳不中要点,无关紧要的打照面。我从冰箱里拿出中午弄好的梅干烤鸭和豌豆肉片稍微热一下,这是他小时候最爱吃的两道菜。每次我家有做这两道菜我都会把他叫过来留在我家吃饭,或者留起来给他带过去。他家里常年吃稀饭配咸菜干,偶尔有些荤菜。但他不怎么愿意到我家来吃饭，原因是他觉得我母亲不喜欢他。事实也确实如此，我母亲常告诫我不要同阿豪待在一块太多时间，人家整天不念书，就知道玩，小心学了坏。我没有把我母亲的这番话讲给他听，但他一定是从我母亲的眼神中看到了端倪。若非我强制要求他过来，他一定是不肯的。

阿豪看到我端出这两个菜的时候显得尤其开心："你还记得我喜欢吃啊。"他从桌下提出一打我预先准备的酒，顺手掰开拉环，递过来给我一罐："我都好多年没吃这两道菜了，不知道你手艺跟你妈比起来怎么样。"说到我妈这个称谓的时候他明显顿了一下，语气柔弱不少。

"凑合着应该还是能吃的吧。"我接过酒，跟他碰了杯，两个人夹起菜，小酌起来。

那顿饭吃得很平静，喝酒，絮絮叨叨说了很多事情，从小学用鱼雷炸男厕所扯到到竹林里砍竹子做竹筒饭，再讲到第一次因为打架被处分。

末了，我对他说："吴倩碧结婚了。"

"哦。我知道。"他停顿了一下，很快地灌下一口酒，酒罐屁股从我视线出发的角度挡住了他的眼睛。他这一口喝了好久。等酒罐放下的一瞬，我看到他勉强笑了一下。

"嫁给罗杰了，上个月的事。"我尽量选择最平淡的语调，但还是看到他握酒罐的那只手有些颤抖。他抬起头同我对视，我不小心看到了他眼神里的空乏，那是一种深不见底的幽黑，没有映出什么影子，又像是无奈。我赶快转了另个话题："詹飞让我们几个明天一块聚聚，他做东。""他们是一直在一起吗？"

我愣了一下，不知该怎么回答。

"其实你不说我也知道。她结婚的时候托人通知我了。"

我有些后悔提到吴倩碧了，这样一个没完没了牵扯出很多往事的人。尽管她并没有做错什么。当初阿豪离开的时候，吴倩碧找到我们几个哭了几天几夜。她那时已经不读书了，阿豪复读的时候她每天去给阿

豪送饭,鼓励他撑下去。而阿豪一声不吭走掉留下她一个女的又算什么。我不知道这其中发生了什么,但大家都闭口不提,事情自然是不了了之。

因为刚刚的对话原来松懈的氛围忽地就拘谨起来,两人都没了兴致。阿豪说他困了。我把他送到房间,自己一个人回到卧室,翻看一些东西。是些老照片了,本来打算吃了饭,叙叙旧,再把这些拿出来送给阿豪的。其中有阿豪那时候在篮球队当队长时拿下校际比赛冠军的独照。那时他身上很多伤疤,不是打球时磕到的碰到的,就是夜里同那群惹事的混混打架时伤到的。他就是那个时候认识的吴倩碧,一个人从黑帮老大手上抢过来的女人。年少轻狂什么事没干过?他追吴倩碧的时候为她谱了一首曲子,天天跑到她宿舍楼下面给她弹唱。闹得教务主任把他抓起来罚。但也就是那个时候我才知道他原来会弹吉他,唱歌那么好,而且,对音乐偏执的追求很多年。尽管跟阿豪在一起很久,但我从不知道他有那么热爱一样东西。我现在想想当初他父母在家整天闹个不休,为一点儿小事争执,摔东西碎片声,而他关了房门一个人在灯光下拨弄琴弦的孤独。我以为我很了解他,但后来才发现原来我对他一无所知。

还记得几年前他在给我寄的明信片上写着:"理想这种东西早已被人丢进大久保的下水道,早已在新宿的路上被汗水冲得一干二净。"我找了很久,才知道这是伊藤高见《扔在八月的路上》里的一个句子。阿豪曾说过自己像是一个被剖开的人偶在烈日底下晒,然而却没有一点儿血腥的气味,没有焦灼的疼痛,因为他本就没有知觉,我当初不理解他的用意,那时年轻气盛,又怎么懂得委下身去听听、揣摩身边人的肺腑之言。他在北京,不知道过得怎么样,如果说那个日本作家的理想已经在新宿那里消失殆尽,那么我想,阿豪的理想是早已在北京阴暗的地下室尘封着成霉渍了吧。我不知道他是怎么熬过那么多年的,也从不知道他逃离的初衷。

他说他累了想休息。恐怕是真的累了。

第一辑 少年已故

第二天早上我醒来的时候到隔壁房去叫阿豪,他已经醒了。但让我触目惊心的地上零落的尸骸。是一张张被撕碎的琴谱,还有折成两半的他的那把吉他。我冲过去制止他,抢过他手上的谱。他的笔迹渗染在纸上仿佛一只只蜷缩的尸条。他突然克制不住地大哭出来。他发了狂一般的撕心裂肺叫喊。我不知所措,只能呆着看他难过。我心里又怎么会好受。

静止。后来他总算平静了下来。喘着的粗气渐渐平缓。他坐在地上,两眼充血,眼袋浮肿,很疲倦。我知道这个时候劝解他他是一定不会听的。更何况,我又根本不懂得发生了什么。

"你洗漱一下,我们出去吃个早饭吧。"我俯下身子拾起地上的碎片,他软塌塌地瘫坐在地上,像一只垂头丧气的老犬。我不敢多看他,只顾收着东西。感觉到他起身了,我才松了一口气。

出门的时候阳光大好。这里地处城南,比较偏僻,人、车都不很多,一路上少有漫天卷起的灰尘。以前住在城西,因为处在交通要道,车子多,每次出门回家衣服上都能抖下一大层灰。特别是一九九几年那个时候,我们几个经常站在路边无所事事闲得发慌。阿豪爱捡起石头朝路面上驶去的大卡车砸。他很注重抛出去的弧线以及掷落时发出的声音,最好是落在车头的铁皮盖上,咣当的声音会惹得司机探出头,骂两句。这时候,阿豪显得特别有成就感。当然也因为经常这样子惹事,他被打的次数远比我们其他三个人加起来要多得多。

"这地方挺清净啊,好多年没好好看看了,也不知道有什么改变。"阿豪同我并肩走在窄小的水泥石上,有些凹凸不平,他习惯性地点燃一

支烟,又递过一支给我。我接过了,但放在上衣口袋里,没有马上抽。

"以前总是在城西走,其他地方都不怎么去。"我随口答答。

"对了,宇森,你现在做什么工作,大学毕业也有好几年了吧。"阿豪抽烟时的表情显得特别淡漠,但他转过脸问我的时候我看到了久违的亲切。

"开家小书店,混混日子。"我笑笑,忽地又想起了一件事,"阿豪,你不提我还忘了,我待会儿还要过去一趟呢,有东西落在里面了。"前天因为大雨走得匆忙,走的时候忘记把保险柜里的钱带回家了,昨天又因为去接阿豪,没能过去,放在那,总觉得心里不踏实。

我带阿豪到桂子坊,简单吃了早点,便从斜巷穿过一路步行到书店。因为离我住的房子不远,所以平日里我都选择步行,何况这小城里没有地铁和电车,公车又只走宽敞的大道,要多绕几个弯,还不如我自己走过去。想起以前读书,小学,初中,每天都是阿豪过来叫我起床,然后两个人一块步行过去。后来我买了自行车,但我懒得骑,就让阿豪骑着我的自行车载我过去。其实那个时候他也想买一辆自己的自行车,但他家里死活不让,他爸给他一架很多年前的老式自行车,很大,中间还有一道横杠,他嫌丢人,就一直不肯骑,为这事他跟家里闹了很久的别扭。想想当初自己根本就不会意识到他的处境,而他每次周末过来跟我借自行车的时候,我母亲总是摆出不好的脸色。现在一晃就过去那么些年了,什么破自行车早就不知道被搁在哪个角落了。

到书店门口的时候,我插了钥匙把铁门拉上去,里面一片漆黑,我凭感觉摸着墙壁走过去按开了灯,屋子里亮了起来,但也很快让人感到窒息。空间很狭窄,东西堆得很满,与其说是店铺倒不如说是仓库比较合适,只是陈设也还算整齐,从各地收购来的旧书和经销商发来的新书分搁两边,界限明朗。中间隔着一大块空地,平时踏到那个地方都会有置身于两界之间的错觉,大概是光线的缘由——新书区的靠壁开了一个不大的窗子,把窗帘拉开的时候会有一些微弱的光线照过来。当然,其实有无阳光并不怎么必要,因为屋内会一直亮着白炽灯。对视良久,会刺得你眼珠子焦灼。

我让阿豪进来随便看看,我往储藏室走去,打开保险柜将这些天的收益放到包里。其实少得可怜,本来也不急于来拿,只是怕阿豪这几天住下来开销有些增加,以备需要。我取好钱出来的时候阿豪在旧书区正翻得起兴。他手里拿的是太宰治的《人间失格》。以前还读高中的时候我们两个都很迷他,阿豪表现得极狂热,而我虽然喜欢,但从不表现得那么极端。记得有阵子日本电影很盛行,大岛渚,北野武,岩井俊二这些大相径庭的导演一时间让我们相谈成趣。后来只知道阿豪玩起了音乐,从收购站那里捡来的一个录音机,自己改装修好后,整天播上 beyond 的《光辉岁月》,偶尔是唐朝极有爆发的嘶吼。他听得摇头晃脑。不过那时候已是高中的最后时期,我忙着应付高考,无暇理会他。他那时大概是到了崩溃的边缘,竟在宿舍的墙壁上用黑漆喷上"在没用的地方,过没用的生活! 死亡的青春,痛苦的信仰! "这样的句子,颓废不堪。他用红墨水在"青春"两个字上画了大大的叉。也因为这样胡乱地涂鸦,他被学校记过处分,他不服,把教务主任打了一顿,被赶回家闭门思过。后来高考他也没考,只是因为吴倩碧的一句话,他才又拖着厚厚的书本坐在教室复读。那句话阿豪曾经不经意间同我提过,他说,就冲着那句话,他怎么也要做得像个男人样。我猜那句话大概是,要和他过一辈子之类吧。只是有些时候你郑重其事讲出来的盟誓,过后别人耿耿于怀,而自己却早已抛诸脑后,当别人忍不住问你当时讲的是否为真,你却轻轻一笑,说那不过是戏言罢了,何必当真。

"我想和那些不愿受人尊敬的人同行。不过,那么好的人可不愿与我为伍。宇森,你还记不记得这句话? "我凑过去目光落在他手指间的那行字上。

"我当然记得啊,当年你在作业本上抄下这行字,交给老师,老师气得把你拉出去训了一顿,还当着全班的面念出来。"

"不过都已经过去那么多年了。"阿豪说这话的时候是眯起眼睛笑的。

"是啊,那么多年了。"我感觉放在裤袋里的手机震动了一下,掏开,是詹飞发来的短信,他问我们在哪,要过来接我们。我回他在书店,让他过来。

阿豪看我发短信,问我是谁。我说:"詹飞要过来接我们了。晚上大家一起吃饭,我待会儿有点事,你们两个就先去逛逛吧。"

他一脸坏笑地看着我:"去找你女朋友?"

我含糊地笑笑。

四

詹飞来得很快,他那辆白色的雷克萨斯停在书店门口斜对面的巷口。因为路太窄开不进来,我向阿豪指了指,他走过去。我说:"晚上见喽。"

他不知道我待会儿要去见的人是谁。我当然不会告诉他。

昨天詹飞告诉我今晚大家要聚一聚的时候,我问他,大家包括谁。他说,罗杰、倩碧、阿豪和我们两个。我问他倩碧一定要过来吗,你又不是不知道她和阿豪的关系。他说都那么多年了,那些什么情情爱爱的早就淡得不得了了,十八九岁谈的恋爱,现在谁还会当真? 我只当他说的话还算在理,便不再反驳什么。只是,昨天晚上我和阿豪提到吴倩碧时他的反应让我有些担心。再加上他早上的行为,我怕今晚会闹出什么事情来。

于是我自作主张把吴倩碧约了出来。地点在城南附近的咖啡厅。

我关了灯把铁门拉上,挂上一块木头做的写着暂停营业的牌子,又从小径穿出去。

其实我也已经很多年没见着吴倩碧了,自从当年阿豪离开她哭哭啼啼的来找我们到现在,中间就见过一次,还是一个月前在她和罗杰的婚礼上。只是匆匆一瞥,没有目光的交汇,也没有肢体或者语言上的接触,这个人就仿佛一块玻璃,与空气同色,我从来都不察觉到她的存在。这个小城一点都不大,不过是步行两小时见端的距离,然而这些年我们却连个面也不曾见到,尽管彼此留有对方多年前的号码,不曾删去也不曾更换,但陌生人终究是陌生人,可能擦了肩也在我的视线中自觉忽略掉了吧。

中午我们按约定的时间见了面,两人坐在彼此的正对面。旁边是一扇落地窗子,可以看得清外面的行人往来匆匆。她一副冷清又不耐烦的样子问我什么事。空气凝滞得让人皮肤也紧绷起来。当我说到是因为阿豪才来找她的时候,她身上所有的装卸,包括她的表情全都如融冰一般瞬间融化掉。她的眼神很松散,游离不定。我刚想说,当初阿豪他究竟为什么要走,但话还没吐出,她就抢先压住了我的言语。

"你知道我为什么要和罗杰结婚吗?"她没给我回答的机会就很快接下去,"我怀了他的孩子。这是第四次了,医生说如果再打掉以后就不可能怀上了。"

她的一番话就把我镇住了,让我知道,怎么样试图挽回他们的关系都是徒劳,何况还要搭上一条未出生的生命。

"你知道当初阿豪为什么要走吗?嗬,那时大家一定都以为是他抛弃了我而去。

"他总是这样从不解释,也不给别人解释的机会。

"他非得让我自责那么多年也到底不肯见我。

"我对不住他。"

…………

032

她兀自说着。又说了很多。眼睛一下子就湿润了。

其实所有的话都不及她吞吐而出的那一句含糊的话震慑到我。她终于还是说出来了。

"我想那时候阿豪一定是看见了。那天他没告诉我就从学校逃出来给我送礼物。在那间我租来的小屋里,看到了我和其他男人吧。"

沉默。

"其实我应该装作什么也不知道。"这是昨晚阿豪跟我吃饭的时候说的千百句话中的一句。它不经意就从我脑海中跳出来了。这便是,阿豪他最最卑微的悔意。他该装作什么也不知道的。我忽然一阵心酸。

"那个碎掉的礼物现在我还留着。是一个水晶玩偶。当年他为了给我买这个,在酒吧夜场整整唱了一个月的歌,嗓子都嘶哑了。"

我不肯接话,我怕我克制不住自己的情绪一张口就是劈头盖脸地骂下去。

"如果我告诉你,一直到现在我还爱着他你信吗?"她看着我,眼神里剔透像易碎的玻璃,一副楚楚可怜的样子。

像她那样的人有什么资格说爱?我浑身的力气都使在脚下。脚掌狠狠地踩压着地板,膝盖和小腿的部分蒸发了吗,头皮要裂掉。我想着阿豪的模样,眼神里的抗拒,他一定翻来覆去一夜都没睡,为了这个女人。我无法想象他是经过了多久的犹豫,才那么决绝地离开我们这群兄弟一个人踏上了去北京的列车,又怎么在阴冷没有暖气的地下室熬过下大雪的冬天。

"你说够了吧?!"我理智地,肢节一顿一顿地,从桌上拿起那杯盛满水的杯子,克制着自己的力道往她脸上泼去。倾杯而出,像是凝结了很多年的怨念一瞬迸发。所有的从前,便是过去了。我没有再看她一眼,在桌上放下钱转身就走。

走到门口的时候,我清楚地听到了,她在哭。

五

詹飞把酒店定在宜兰居，主打上海菜。甜酱重，味道咸腻，就像是某些永远牵扯在一起的东西，无法分离。阿豪和詹飞先到了，我随后到的。还有两个人磨磨蹭蹭催了很久还说在路上。

"这两口子每次都这样，黏腻在一起，老让人等着。"詹飞有些不耐烦，他先开了一瓶白酒，起身帮我们斟满。三个人磕着几颗瓜子，碰了一下杯。刚抱怨着，罗杰和吴倩碧就来了。

"哎哟，你们总算是来了，少爷少奶奶，架势还真大啊。"詹飞戏谑着数落了他们俩。

"那我就先自罚一杯，行了吧？！"说着罗杰主动从桌上拉过一只杯子，一饮而尽，豪爽地笑笑。吴倩碧的手一直紧张地勾着罗杰，两个人始终贴在一块。阿豪低着头不怎么说话，我为了圆场，也笑呵呵地说着："赶紧坐下来，上菜吧。"

吴倩碧故意避开我的眼神，她想装作今天白天什么事情也没发生，不主动说话，只是慢慢细细地嚼。詹飞和阿豪聊起来，后来罗杰也加入进来，无非说说些在北京的见闻，那么些年，总有一两件事是难忘的。阿豪总是挑些别人的，而对自己，闭口不提。

这顿饭吃得相安无恙，大家叙了点旧，说些无关键要的琐碎事，说到阿豪和吴倩碧的时候大家都小心翼翼地回避，没人想捅破这层纸。阿豪喝得很尽兴，一整晚就算他喝得最多，脸泛红，嘴里不停地说："今个儿我高兴，高兴。"罗杰因为要送吴倩碧，所以他们先走了。此时阿豪已醉醺醺，早已分不清谁是谁。他喊："吴倩碧，你给我回来，谁准你走了！"挥舞着双臂。詹飞赶紧拦着他，冲罗杰他们讲："他喝醉了，别管他……"

罗杰和吴倩碧匆匆走了。我知道这场饭局终究没有弄成闹剧，这是我所庆幸的。但我心里替阿豪叫苦，他一整个晚上都尽力憋出这辈子最自然的微笑，为的是给兄弟面子。

晚上我把他拖回去，他大醉而眠，睡得像个三岁孩童。只是嘴里喃喃自语。我听不清楚他讲什么。

我把早上他摔断的吉他搬进了我卧室里。我知道这是永远不可能修好了。坏了就是坏了。那把破木吉他就跟阿豪的心一样，漂泊天涯，早已破损不堪，结的痂多了，变得越来越厚，最后凝成了钢铁一般坚硬。但这么坚硬的心却是一摔就碎，碎得满地都是，怎么拼贴也拼不起来。

我不知道阿豪这小半生是理想给他撑下去的信念大还是爱情。但如今这两样东西都背弃他而去，或许他也就从来没有得到过。我希望他这一眠是可以把什么都忘掉，睡得长久些才好。如果有那坛"醉生梦死"我一定会替他从黄药师那夺过来。

六

一整个晚上我都睡不着，我脑子闪现的尽是我们四个人在一起的那些年的日子。而从阿豪离开的那年到他前几天回来，这么多年仿佛一段空白的胶卷，播不出声音和影像，漫长的等待，什么都没有留下。我承认这些年我很少去想些过去的人和事，偶尔记起有阿豪这么个人了，也是一闪而过。我不担心他生死，也不去想他是否过得好。我觉得像我这样做兄弟的，又何止是失败。可人情不也从来就是那么寡淡吗？

我每天过着麻木不堪的日子。在书店没顾客的时候就自己看些闲书，可那些字字句句又怎么也记不进脑子里，总是一晃而过。晚上一个人在空屋子里播电影，偶尔心血来潮自己也会写写剧本，可从来就没有一次结了尾。大学四年交到的可以称为熟悉的人五指手指可以数得完。没有女朋友，没有约会，一心扑在学习上却又一次奖学金也没有拿过。我嗤笑自己的浅薄。这二十几年来，根本不知道自己要的是什么。

那个时候，我、阿豪、罗杰和詹飞四个人坐在学校操场的单杠上，罗杰说自己以后要开家酒吧，像村上春树那样边写东西；詹飞就实际得多，要一大群女人和永远花不完的钱；阿豪说，他最想做的是逃离这个南方的小城，逃离。而我当时说，我想世界上只有我一个人。他们都笑我幼稚。其实想想，阿豪这么多年都一直在逃，他从十五岁开始就想逃，偷了他爸的钱要出走，后来被抓回来，打得整个人趴在地上也嘴皮子死硬，不肯认错。最后一次逃是十九岁，他把复读要用的书一股脑儿全烧了，同过去做了个了断。那时他父亲已经老到没有力气再把他抓回来了，只得任由他在外面走。我不知道他父亲死的时候他心里头是个什么滋味，他那时是想着终于解脱了，再无后顾之忧了还是满心的歉意，我从他的表情中读不出来，我只知道他匆匆又走了。

"世界上有一种鸟是没有脚的，它一生只有一次着陆，那便是它死的时候。"这句话是《阿飞正传》里最广为流传的一句话。大家都懂，而却还是有很多人愿意做那种鸟。

七

阿豪没有在我家里住很久，那次小聚后第四天，阿豪说他把手续办好后就回乡下找他母亲了。我问他什么手续。"房屋转卖。"他答得很轻松。他说要一个见证人，问我愿不愿意，我却之不恭。

这屋子经过了那么些年，在城西弥散灰尘的大道边又总算换了一户人家，我想故事总会继续。我问他为什么急于卖掉。他说，这是他母亲

决定好的,他只是回来走过场。

他要走的那天,只有我去送他。他让我别跟罗杰、詹飞讲了,怕麻烦他们,平时自己来来去去的一个人早就习惯了,没有什么舍不舍得的。

"你知道吗,宇森,我一直都羡慕你,能够一路那么顺顺利利地读完书,工作,以后结婚,过自己的生活。"

"说什么呢,我还抱怨不能像你一样什么都放得下四处走呢。"

"不,宇森,我说真的,像你这样,一辈子就够圆满的了。我这种烂人,走到哪里都是一摊烂泥,从出生到死就那么决定了的。"阿豪自嘲地笑笑,这笑苦涩得让我的心脏都同血管纠缠在一起,"你现在有一家自己的书店,在城里有房子。而我花了这么多年,才明白自己是个彻头彻尾的失败者,什么都没有。好了,不说了,车子也快来了。你自己保重。"

我站在那里很久,哽咽住了一句话也说不出来。他乘的车子在那条弯曲的公路上驰去。消失在满天的尘土里,仍是在城西,这个我们一块长大的地方。

我一路走回我在城南的小屋,想着阿豪刚刚说的那番话,并不难懂,只是字字句句都嵌在我心里。认识二十年了,我第一次听他这样讲。

其实阿豪临走前还有两件事瞒着我。一件是我在抽屉里发现了阿豪留下的字条和一沓钱,那是之前他葬父亲的时候同我借的,但留下的数目要多得多;另一件是他其实在这几天内背着我偷偷去同吴倩碧见面了,我不知道他们说了些什么,也不想知道了,一切都随风而去吧。

2012年的春天,北欧雪灾预警,南方干旱,阿豪将他在城西的房子卖了。在城东有罗杰,城北有詹飞,城南有我。我埋怨阿豪为什么没留下来,把小城的四个角凑齐。后来我才想到,原来,阿豪一直都是守着城西不肯挪动的那个人,他守了最久,可他最终还是放弃了那里。随后,城西满地的灰尘被一阵风掀起来,让什么东西都蒙上了一层厚厚的灰。我们不属于那里了。永远的不属于了。

新日

　　从我出生到我成年，一直住在这个南方的小城，我以为这是中国的最南端。这个城很小，从东至西步行不过一小时，城南城北的差距也才是五六里。十几年前街上最常见的交通工具大概是人力三轮车，这几年添了公交，然而三轮摩托仍旧不肯退去。旧街的老房子被拆得所剩无几，摇摇坠坠的残垣断壁，都是些清末民初的建筑，红木的窗子褪了残色，墙面的宣传标语被刷白又被涂黑，抹了厚厚的几层，色泽参差不齐。却也找不到五色的斑斓，总是霉一样的黄色和渗着青灰。

　　小城的人很杂，从东南沿海迁来，从江南小镇迁来。交汇了各种语言，本地壮族的方言，县城的官话，广东话，福建那里的闽南语，桂柳话，偶尔来几个台湾人自说自话。从很小就得学会听各地方人的胡言乱语，偶尔不娴熟地对上几句。我讨厌女人吵架，特别是在菜市场里为了几毛钱七嘴八舌吵起来，还有街坊邻居用自己家乡的话吵成一团。母亲从不在外边和人争吵，在家里却和父亲闹个不休。

　　父亲有五个兄弟，他最小，算上堂表亲戚，我们是个庞大的家族。家族里四世同堂，过年过节，热闹非凡，在这种小城里人们思想很顽固，看见霞光会笑逐颜开，说是祥兆，若是碰着阴霾，大概会嘀咕着要沾了霉

气。烧香烧纸钱的时候我会自觉避开，烦厌那些规矩。祖父母去世的时候要守灵，半夜还有道士诵经超度，沿街做法事，敲锣鼓，奏哀乐，撒满纸钱。趁着祖父去世，家里长辈又开始争夺那些财产，老宅不能变卖，其余据说都让大伯吞了。兄弟们虎视眈眈，父亲整天埋怨着一点儿油水也没捞到。

四伯一直看不起我们家，虽说与父亲是亲兄弟，可到底没老婆亲。四婶是个见钱眼开的女人，工作没有，家里的麻将局从天光搓到日颓西山，见别人穿金戴银，就不知廉耻去巴结。大概是父亲太寒酸，又没本事，她见面两三句讥讽也难免。人嘛，也就这一身贱骨头。

父亲读书的年代刚好赶上"文革"，初中读完就去插队，说是知青下乡，其实也就是下地干活。父亲成家得早，才成年就和一起下乡的女青年结了婚，生下我同父异母的哥，取名叫张朝，父亲大概也就认得几个字，至少看报纸还读得下去。至于后来离了婚，原因很简单，用我母亲的话说就是我爸他"五毒俱全"。哥哥就让祖母养着，父亲也不管不顾。

一年后我母亲被连哄带骗上了贼船，嫁给了我父亲。婚后不过几个月，父亲的本性就表露无遗，开始夜不归宿，整日整夜在外边喝酒赌钱。只可惜母亲怀上了我，要不她早和父亲离了婚。可这一纠缠就是半辈子。

母亲娘家在乡下，人长得清秀，念过书，也有文化，年轻到县城来闯荡，进了文工团，表演舞蹈，算是走南闯北，也见过些世面，后来进了单位里做小职员，自己也有些积蓄。她和父亲结婚的时候父亲是一穷二白，除了一间不到十平方米的小平房和一辆二十八寸自行车外，身上也掏不出几十块钱，请酒婚宴的钱都是母亲出的。我名字也是母亲给取得，叫张默生。我无法理解大人的思想。

我四岁的时候搬了家，自己一个房间，我可以在里边翻跟斗，墙上给我用铅笔画上小人和马。母亲给父亲一笔钱做生意，父亲老实答应了，可没过几天，钱就全输光了。母亲忍不下去闹着要离婚，祖母拄着拐杖拎着哥哥来劝了很久，两人才和好，说什么都是为了我。父亲不情愿地跟母亲道了歉，说以后好好过日子。这样的鬼话，任谁听了也不信。

几年后，祖父去世，祖母也紧随着撒手人寰，我同父异母的哥哥张朝被送来父亲这里，父亲推脱不掉，便让他和我同住一起。哥哥经不住管教，十来岁的年纪整日在外边惹是生非，又时常和我母亲作对。后来休了学和一群所谓的兄弟逃到外边混日子，杳无音信。

一日家里突然来人让父亲出去一趟，话语含糊不清，只说有哥哥消息。父亲大醉而归。我问母亲，她叫我不要多问。

那几日街上风风火火谈论着某起命案，说是一群混混打群架时死伤了几个。之后这消息便如明日黄花，成不了人们茶余饭后的谈资了，人们迅速把注意力转向了哪家女儿十六岁便怎样，哪家儿子被送出国念书。

多年后我才明白，原来哥哥也在那次事件中死去。

我八岁的时候父亲突然说要去经商，逼着母亲向娘家借钱给他做本钱。他出发那天清早就离开，我和母亲都没能送他。

寒露。冬日未至。

邻居阁楼里放飞的鸽子划破那一剑鱼肚白的晨曦，新日升起，而后我和母亲相依为命。

父亲从来不会给家里写信，等我大概要忘记他样子的时候他才假惺惺给家里打电话，过年过节他不回来。我和母亲两个人住在公寓的顶楼，最怕从窗口往下看，夜晚让人恐惧，房子旁边是一条公路，穿梭往另一个城市，我不知道父亲所在的是不是那里，只知道夜晚疾驰而去的车子总是发出令人惊悚的声音。

白天灰尘太多，窗子玻璃被蒙上厚厚的灰，家里整日拉着窗帘，密不透风。饭桌上永远是两个人，从讨厌这样的寂静到喜欢这样的寂静，从八岁到十二岁，四年了父亲都没有回来。

父亲临走前把家里的钱掏光，家里一贫如洗。偶尔有些高大光膀的

男人来家里讨债,说是父亲之前赌钱欠下的,手上拿着字据。母亲实在拿不出钱,那些人便把母亲推开,又搬走了家里的电视机,电风扇一切值钱的东西。母亲把我护在身后,叫我不要说话不要动,我看着这些人凶神恶煞指着母亲破口大骂,我希望父亲可以回来,那样就有人可以保护母亲,可父亲始终没有出现。

放学我不敢去玩,我怕母亲回到家见不到我身影会担心,然而一个人待着,又有满心的恐惧。我把窗子的玻璃擦得透亮,伏在窗边,拖着晕眩的脑袋往外看,等母亲回来,想象着母亲骑着自行车穿过哪条街,过菜市场,沿公路回来。倘若因什么事耽搁回来迟了,我的脑子里便翻腾出很多念头,我害怕她路上又被那几个凶狠的男子劫持,害怕她太累在路上摔倒,甚至害怕有卡车冲过把她撞倒。

中秋节的时候,母亲娘家有亲戚到城里办事,顺道来家里做客。母亲匆忙去邻居家借了些茶叶,在客人没到之前泡好。那人大概是母亲的表哥,他进门的时候我感到他愣了一下,或许是一眼足以把这个又小又暗又空的房子一扫而尽让他有些惊讶。他问及家里怎么不添电视机的时候,母亲神情紧张笑得僵硬地说拿去修了。那人没多问。我印象中母亲第一次说谎,缘由是说不清的。

我想起每次母亲带我回娘家她总会把头发梳得极整齐,不落下一丝一缕,衣服用熨斗熨过几遍,鞋子特意打上油,走山路的时候小心翼翼尽量纤尘不染的样子。我和母亲挤在车子的后箱里,十几个人关在狭小的空间,不通空气,两人又只买了一张票位,母亲硬是蜷缩着让我坐在她腿上,她把我搂在怀里,一路的颠簸让我满心的厌倦。母亲在娘家从不提及她在城里的生活怎么样,直视三姑六婆围着她露出歆羡的神态时,她倒是不紧不慢地挽留住作为一个嫁到城里去女人的尊严。

然而日子却一天比一天拮据,母亲常常抱回一个很大的南瓜,一连吃几天,我有时候生气,实在不愿吃了,就趁着母亲做菜的时候跑到附近同学家玩,然后留下来吃晚饭,虽然不丰盛,但至少有肉吃。然而几次之后我便觉得对不住母亲,就不再抱怨,陪母亲吃各种做法的南瓜。

四婶过年的时候照例到我们家看看,每次她来总穿同一身衣服,大红袍子裹上膝盖,腿肚子被肉色的丝袜勒紧绷着突兀的肉,嘴唇鲜艳得像抹了猪血,然而让人看着不觉作呕。她看母亲的神情趾高气扬,撅着屁股和胸脯,说话前总会先发出两声像母鸡一般"咯咯"的笑,然后炮语连珠。她见母亲是乡下人,又故意说些刺耳的话语,时不时说起父亲,"咯咯呵,五弟下海经商也有几年了,我琢磨着他大概也该接你们娘俩出去见见世面了,虽说你是乡下人,不过好歹是我们张家的媳妇,怎么说也不能丢人现眼吧,别怪我这个做嫂嫂不教你呀,看看你穿的都是什么地摊货啊,有空到我那去挑挑几件便宜卖给你,都是些名牌呢。等五弟什么时候真发财了你们可别忘了我这个嫂子啊!"母亲缄默不语,四婶见也无话可说了,就顺手从我们家抱了个南瓜走人,说是自家人不见怪。我看着四婶的背影心里不断地咒骂,却又不住地想父亲。

然而终被时光冲成泡影,我开始拒绝听到说到想到任何关于"父亲"的词,我对别人的讽刺无动于衷。我忘记了这个人的存在,很久。

我喜欢看母亲年轻时候的照片,穿着漂亮衣服,画着不浓不淡的妆。可那些衣服被装在一个个大红木箱子里,只是隔几年拿出来在阳台拉一条铁丝挂上这些素青的旗袍晒霉。母亲只是穿着它们在镜子前兀自照着,却因过了时穿不出门去,母亲又舍不得丢掉便一直留着。有时候我在想,倘若我是个女子,我就可以穿母亲那些旧衣裳,然后母亲会帮我画眉。然而这样愚蠢的想法又总让我不齿。

母亲有一个破旧的收音机,每次闲下来,便倚着窗台,不厌倦地放着同一首曲子《天涯歌女》,江南小调,透着深情浓意。大概因为母亲年轻时跟团里到苏州演出,不知不觉便喜爱上了。

等我十三岁的时候,我觉得自己是这个家里唯一的男人,便学着照

顾母亲,买菜做饭,洗衣拖地。

日子在和着尘灰的窗枢前晃过,像是窗外恣意攀结的蔓藤,悄无声息便是春夏秋冬。

夏至。日光映着远方的云,叠叠如红浪,灰鸽在低空盘旋,托起山头一轮新日。我以为这是新日,却不料雾霭山岚遮住了浮光。

当我觉得我习惯甚至喜欢这样恬淡生活的时候,父亲却拖着一只大皮箱回来了。他用粗犷的声音叫喊着开门,把木门敲得抖落了尘屑,我打开门,却惊异面前的这个男人,我以为是那些上门讨债的大汉,却又有种强烈的熟悉感。眼前这个男人满嘴的胡茬儿,皮肤被晒得黝黑,皮鞋磨得破旧,一身的慵倦和苍老。

我愣了一下,惊异父亲怎么突然回来了,仿佛隔了一个尘世,陌生又熟悉。六年了,我的心颤动了一下,艰难叫了一声爸。他脱掉鞋径直走进来坐在沙发上,打量着这间空房子,又看看我说:"你妈去哪儿了?"我回过神,拖着他的箱子把门关掉回他说:"去上班了吧。"他笑了笑,两只脚交叉搭着,问我"你知不知道你妈把钱放哪了?"我迟疑了一下,告诉他我不知道。

"不知道?"父亲翘起一边眉梢,又迅速抚平面部的表情,笑了两声"默生啊,都那么大了"他一把把我拉过来,摸摸我的脑袋"爸爸好好看看"。

"爸,你这些年都去哪了,那么久都不回来。"

"默生啊,爸是男人,男子汉大丈夫要以事业为重,懂吗?"

"哦"我莫名地点头,"爸,那你是不是做大生意去了啊?是不是挣了很多钱啊?"

"默生,你听爸说,爸呢做生意被人骗光了所有的钱,别人追着你爸还债。你看你能不能告诉爸你妈把钱放哪儿了?默生?"

"怎么会这样,爸?"

"默生,先告诉爸,钱放在哪儿,待会别人急着叫我还钱啊。"

"爸,我真不知道。"

"不知道?！"父亲掀起我的衣领想要把我拎起来,脸上露出怒色,"你说不说啊！"

我挣脱出来,朝他大吼:"妈她没钱！"

然后转身进了房间,锁上门。父亲重重地捶打着门板,暴跳如雷,我可以想象他面红耳赤的样子。

整个房子瞬时翻腾了起来,混杂着父亲嘶吼般的谩骂,还有我感受到他在翻箱倒柜的声音。

我看着镜子里那个人低头不语,房间从罅隙投进一柱光,幽幽的让人浑身冰凉。什么男人,什么事业,呸！我看他是在外面赌输钱,被人逼债逃回来的。

他就这么回来了。

我在祈祷母亲回来之前这个男人可以消失掉。这个母亲翻来覆去等了这么多年的男人,这个我曾经思来念去坚信他会给我们带回来幸福的男人,以这样的方式出现在我的眼前。但愿这只是一个悠长荒诞的梦。

可母亲终究是回来了,她看到父亲的时候是露出了些许喜色,问父亲:"你什么时候回来的,怎么也不说一声啊,我……"父亲冲上去刷地给了母亲一巴掌:"你真不错啊你！臭娘们！儿子跟着你连我的话也不听了,拿个钱怎么了,老子今儿就抽死你,你说不说钱在哪儿啊！"我冲上去把父亲拉开,父亲抖了我一脚,把我踹到一边,母亲拦住我,怔怔看着父亲。这时家里突然有人闯了进来,几个光膀子的男人大吼道:"老张,说好的今天你回家拿了钱就给我们的,怎么这么久,你可别耍什么花招啊！"父亲立马冲过去跪在那几个人面前,央求着宽限几天,那几个人拽着父亲的头发,有人朝父亲胸口踹了一脚,青筋暴起地说:"找死你！"我要冲过去拦住那几个人,母亲死死拽住我,让我低下头,父亲被

一阵拳打脚踢后拖出了门。

屋里又恢复了沉寂，母亲红了眼眶，有些颤抖地问我："饿了吧，我去做饭给你吃。"然后转身进了厨房。我们草草吃了饭，各自默契地不敢说话，连筷子落下也会触动心弦。

半夜，父亲用力敲着门回来，母亲让我无论如何不要出来。我紧闭着双眼，脑子里不断闪现下午那些画面。懦弱，懦弱。

第二日，母亲请了假，照顾躺在床上的父亲。我偷偷瞄一眼，父亲鼻青脸肿，眼睛半睁半闭。母亲给父亲换毛巾敷脸，父亲突然立起身抓住母亲的手，像昨天哀求那几个男人那样，半抽泣地央求母亲："把钱给我吧老婆，我下次一定不赌了，我发誓，你相信我吧，最后一次最后一次了。"母亲叹了口气："我们结婚这么多年了，你做过多少保证你记得吗？"父亲紧紧握住母亲的手，直视她的眼睛："这是最后一次了，老婆，我一定改，老婆你相信我吧……这次你不帮我的话我就死定了……"母亲推开父亲的手，低下头叹了口气，转身离开了房间，我踱步离去，看见母亲眼角滴落了水珠，迅速化开，干涸在鼻尖，母亲艰难地站起来交代让我自己做饭就出了门去。父亲露出了鄙夷的喜色，掏出一支烟叼在嘴里，吞云吐雾，似乎很得意的样子。我看见他手指包扎着厚厚一层胶布。

我在家里等着母亲回来，直到晚上夜深了，母亲才一脸倦意地推开家门。我一把拥上去抱住母亲。夜里很静，父亲的鼾声像夏日聒噪的蝉鸣。

母亲在很短的时间内弄到了一大笔钱，递给父亲。父亲只管有钱就行不管钱从哪儿来。我问母亲，她有些支支吾吾，只说和亲戚借的，可这么多钱，我们家都是些穷亲戚，又怎么会凑得齐？母亲叫我不要问，不要管这事，我就再没提起。

自从父亲被砍断了食指，他便以此为借口，不找工作，混入了四婶那一帮人里搓麻将，久了又喝酒到半夜才回来。昼夜颠倒，说起话来语无伦次。

原来家里只有两个人住勉强三餐都不济，现在父亲又这样死皮赖脸要掏空家里的钱，我看着母亲，怕她一个女人撑不下去，便提出要休学出去打工，母亲愤怒地瞪着我态度很坚决："你要敢不读书，我就从这跳下去！"我不敢作答，父亲在一旁风言风语："孩子想出去打工也好啊，不读书就不读吗，读书有什么好的，你生什么气……""你住口，孩子读书的事情能耽搁嘛，你管过这个家吗？！"父亲听着恼羞成怒，抓起脚下的拖鞋就朝母亲脸上拍去。母亲指着父亲大叫："你还想不想从我这拿钱了！"眼泪盈在眼角，父亲哑口无言，转身蹒跚走回房间，嘴里嘀咕着："儿子是你的，你爱怎么教怎么教。"母亲双腿一软，瘫倒在地上。我把母亲扶到床上休息。这事之后就没再提过。

和父亲同住一间屋子令我感到万分痛苦。父亲烟瘾极大，停不下片刻安宁，屋子里弥漫着浓郁的烟雾，呛鼻让人难受。我实在不愿看见父亲那副模样，总是刻意避开他，也不带朋友回家。

又或许我根本连朋友也没有，可笑至极。小时候别人家的父母总在背后议论我家里，不让和像我这样家庭教出来的孩子在一起。凡是对我说过我是个没爸孩子的人，我都恶狠狠地瞪着他们。至于现在，能听我说话的恐怕就剩影子了。

只要父亲张口和我说话，我总会觉得他不怀好意。我时常想，如果他在外地的时候就被人打死，或是哪天出门从楼上翻下去摔死，又未尝不是件好事。可母亲怎么办，我还是害怕母亲会伤心。

我不止一次问母亲后不后悔嫁给父亲，母亲每次总是长叹着气，然后叨絮着往事："默生，你也别埋怨你爸，有些事情都是命里注定的。当年你妈年轻的时候在江苏那演出，和那里一个青年在一起，只可惜他家里不让我们结婚，也只能这样咯。后来他结婚了，我也就死心了，回到这个地方，你外婆非逼着我嫁到城里，说是有面子，匆匆就嫁给你爸。你记

不记得你哥张朝,如果当年他妈不走离婚这一步,张朝这孩子也不至于命这样苦。哎,默生,妈给不了你什么,就想让你有个完整点的家。你妈这一辈子也没什么可活的了,只要看着你长大成人,妈就开心啊……"

或许这就叫作命,才会有那么多的不得已。

我成绩不好,母亲坚持要我念高中,说是别像我爸大字不识几个。母亲要我安心读书,要我不要担心她。

周末回家看到父亲总是一副行尸走肉的样子,他待过的地板上洒满了烟灰,空酒瓶东倒西歪的一地。每日浑浑噩噩,见我走近他,摇头晃脑地叫道:"阿朝,你怎么有空过来啊,啊?!""我是默生,爸,你叫错了,妈什么时候回来?"父亲甩掉手上燃着的半支烟,喝了口酒,呼呼大睡过去,不动容,也不理会。

我把父亲扶到床上,躺好,看清了他越发暗淡的脸,骨瘦如柴的躯体,不禁心头一战。我冷笑,庆幸自己没有为这个男人哭出来。

我把家里打扫了一遍,边收拾脑子边不停剧烈地疼痛。我不住地回想。我记得小时候上课,老师让我们写一篇作文叫《我的父亲》。我没有动笔,也写不出什么,因为我只记得父亲每天半夜回家睡觉,有时会大喊大叫,八岁就不在我身边,我是母亲带大的,如果让我写母亲,我可以写很多很多,可是为什么是父亲。我交了白卷,老师把我留了下来,说了一大堆用心良苦的话。从此我觉得别人看我的眼神都变了,那不是一种怜悯,是一种假惺惺。我厌恶那些说我没爸的孩子,我告诉他们,我爸爸会回来的,我爸爸会带好多玩具回来给我。他们向我吐口水,我不敢告诉母亲,就用冷水浇在身上,说是洗手不小心弄湿了。我在骗母亲,也在骗自己,我坚定我父亲会回来的。

墙上的光影动得缓慢,我看到夕阳落去,看到窗外的车子依旧像小时候看到的那样掀起满地的灰尘,听到的依旧是那样尖锐刺耳的回声。只是小时候父亲不在总觉得恐惧,现在父亲回来了,却又觉得少了些什么。我不知道自己是否会因为他的存在与否而满心欢喜。可我知道母亲会。

　　我恍过神，母亲进了家门，她一见我就笑得很开心，笑得很美，只是岁月荡过她的容颜，皱纹映照的深浅不一，白丝被光线打得银亮，头发梳得齐齐整整。我似乎看到从前她每日早起来在镜前梳妆的样子，即使最落魄的时候，母亲依旧一丝不苟。我朝着母亲笑了，心里又埋怨着光阴催人老。

　　回到了学校，繁重的课业压得我喘不过气。我在数日子，也在苦命读书。

　　十七岁那年，我省吃俭用攒了很多钱，打算给母亲过一个生日。

　　母亲生日那天，我向学校请了假，拎着一个蛋糕还有一束花赶在母亲下班之前去她单位接她。转角在围墙的一端，我看见母亲进了一个男人的车子，那男人的侧脸像是母亲的老板，王伯伯，我看他们笑得很开心，脑子不经意闪过什么不好的念头，却说服自己那不过是胡思乱想，兴许王伯伯只是送母亲回家罢了。于是我便回到家中。父亲还在酣然入睡，不分昼夜地睡着。母亲没有回来，我坐在椅子上等着，想着母亲一定会很惊喜。

　　时钟转过十点，母亲还是没回来，我越来越控制不住我的大脑，我想着王伯伯那么有钱，想着母亲和王伯伯四目相对，想着母亲当年帮父亲还的那么多钱……可我又分明记着母亲说嫁鸡随鸡，嫁狗随狗，想着母亲常听的那首曲子《天涯歌女》里的歌词"郎呀，咱们俩是一条心……"脑子里的思绪缠成一团，一团糟。

　　我听见钥匙声，是母亲回来了。十一点，等得头昏脑涨。"默生，你怎么回来了，今天不用上课吗？""我请假了，妈，没事的，妈，今天是你生日你不会给忘了吧，我给你买了蛋糕……"我尽量克制住自己的情绪尽量不去提王伯伯。母亲走过来拥着我，泪水滴在我肩上，我也紧紧抱

住母亲,我的手在颤抖,口不择言:"妈,如果你要走的话,带我一起走好吗?"母亲顿了顿,擦一下眼泪问我:"默生,为什么你说我要走啊。"我看着母亲,压低声音:"你不是和王伯伯在一起吗?你会不会丢下我啊,妈?"母亲惊异地看着我:"你怎么会这么说?"

这时候父亲突然从床上跳了起来,面无羞色地大笑着:"哈哈,你原来是和那姓王的在一起啊,我最近还愁没钱去娱乐娱乐,跟他那么久有没有多得点钱啊!"母亲冲过去一巴掌打在父亲脸上:"你住口,不要乱说话!默生,是谁告诉你的?""妈,我今天见你上他车了……""不是的默生,不是你想的那样……"母亲摇着头,嘴里叨念着。父亲站在一旁得意地笑着:"哎哟,你打我不要紧,跟个有钱人,给点儿钱打发我就行,免得我哪天不小心把这事说漏了嘴……"我看着眼前这个男人,这个鄙俗的男人,一个丈夫可以厚颜无耻到这种地步,我顺手从地上拿起空酒瓶子朝父亲头上砸去,玻璃碎了一地,他流了满头的血,父亲猛地翻倒在地上,我大叫地哭着跑出了门。

我开始恐惧,我告诉自己那不是真的,可我发现我脚底踩着血,浑身不停冒着汗。我一路奔跑来到了铁轨旁。火车从这里经过,车轮摩擦发出的细长尖锐的声音,穿过双耳的微风。

我想到一个陌生的地方去,那里没有人认识自己。

可我放不下母亲,放不下那个残损不堪的家。我恐惧父亲怎么样了,我无法逃脱我自己。我想其实我和父亲一样懦弱,都是懦弱的男人。

那天晚上我喝了酒,醉到不省人事。等我起来,迷迷糊糊走回了家,我发现母亲疲倦地躺在沙发上等我,我晃晃悠悠惊醒了她,她叫住我,告诉我父亲在医院,要我陪她去一趟。

医生说父亲的脑袋被撞伤,下半辈子都要痴痴呆呆,只有三岁小孩的智力。我突然觉得释然。如果是这样的话,父亲就不会去赌钱喝酒,就不会把这个家弄得一团糟。

我看见父亲苍老的面容笑得无邪。或许这是最好的归宿。

我在我的世界游离。逆光。

我问母亲会不会走。母亲摸着我的头告诉我，是我想错了。王伯伯的妻子娘家在江苏，前些年因为中风，动弹不得，时而清醒时而麻木，却又时常念起家乡的曲调，王伯伯为了让她妻子开心，便常常请母亲给她唱江南小调。是那首《天涯歌女》。"天涯啊／海角／觅呀觅知音／小妹妹唱歌郎奏琴／郎呀咱们俩是一条心／人生啊／家乡啊／北望／泪呀泪沾巾／小妹妹想郎直到今／郎呀患难之交恩爱深／谁呀谁不惜青春……"

我突然念起了，母亲曾说过她年轻时在江苏那里没能和自己爱的人在一起，我不知道王伯伯是不是她口中的那个人，或许是，又或许不是。

惊蛰。春光下的雨色，惊起缠连心头的尘灰。

新日从东方升起，菜市场上从四面八方拥聚来无数的妇人，她们把菜兜里的果蔬翻个底朝天，然后满意地淡出了我们的视线。其中一个矫健的身影——四婶，她在满载而归的路上和一群闲情雅致的女人高谈阔论起她那个突然痴呆的五弟，人们像听着某个传奇一样追捧着她，闽南口音的疑惑，江苏口音的惊叹，有用白话叨念的，一路轰炸开来。

我南方的小城。破晓。新日。曙光。

杀死秋天

一

电话响起来的时候,我从交缠的被子中爬出来,还没来得及接通,响声就断掉了,甚至连电话放在哪我也不知道。我寻思着现在几点了,屋子里怎么这么暗。闹钟歪斜地倒在凌乱的地板上,我把它捡起来,看了很久才意识到它已经不走动了,很久没有换电池了吧。同闹钟躺在一块的还有几支烟头和两三个空罐头。我扭动一下脖子,走到窗台把帘子拉开。是黄昏吗? 我好像看到了夕阳,还有街道上蚂蚁一般拥挤的行人。大概是黄昏吧,太阳要落山了。

电话没隔多久便又响了起来。我循着声音在衣服堆里找到了,接通的时候是一个粗粝的女声。她问我晚上的高中班聚要不要过来。我大脑迟疑了一下,才反应过来她是沙曼。高中班聚? 高中毕业得有七年了吧。还没等我回话,沙曼便不耐烦地告诉我时间地点,然后说她还要通知其他人便把电话挂了。

我把电话放下,从地上拾起散乱的衣服放进桶里。脑子好像并不运转了一样,机械地打开电脑,顺道打了个呵欠,然后走到浴室开灯站在镜子前。头发像极了莲蓬,胡子又密密麻麻铺满了上唇。我冲镜子挤出一个咧嘴笑,厚厚一层黄色的牙垢让我直觉得恶心。

这些天我是怎么了。这些年呢?

洗漱好后,我走回床边,把邮箱打开的时候发现有很多封未读邮件。诸如,最近过得怎么样;最近在忙什么;最近,最近……

我的最近是要从什么时候算起呢。好像从毕业后我就一直是这样一副状态——从家里搬出来住,却又每个月向父亲要生活费和房租,不找工作,不继续读书,不见客,不同谁联系。嗝,原本想着一个人多清净自在啊,但现在看来我的日子快要萎缩成一团泥浆了。

我看了眼电脑屏幕下的时间,还有一小时。现在换身衣服,出门打车到那里时间刚好。柜子里悬挂的衣服似乎都要被灰尘覆满了,白衬衫染成了米色,不知是不是灯光的缘由,还有外套。对了,现在是几月了。我又走回电脑前看起了日历。九月。薄凉的天,恍惚间就入秋了。拿外套的时候,从口袋里抖落出一个钱包,我打开来看,有一张三年前的火车票。嗝,原来三年前我还出过远门,我甚至都忘了。

这些念头一闪而过,是要我自嘲吗?

二

进入包厢的时候只来了几个人。大家一脸困惑地看着我,问我现在当起艺术家了吗,着装那么奇异,然后全场哄笑开来。我也尴尬地随着笑笑。耳边又传来了那个粗粝的女声。是沙曼。她上下打量着我,熟络地同我轻轻拥抱,然后让我坐下。她说待会会有神秘嘉宾出现。我想,会是谁呢? 这班上的几十个人,我退化的脑细胞甚至都记不清名字来了,再怎么神秘恐怕我也得忘了吧。

"邹凯,你最近在忙什么呢? 不会真转行搞起艺术来了吧?"我转过头,同我说话的人是范阳,还是许松明,我有些弄混了。他拍着我的肩膀,豪爽地笑起来。高中的时候我们统共也没说过几句话吧,现在他倒也想同我熟络起来了。最近在忙些什么。又是这样无趣的问题。我也想知道我究竟在忙些什么。忙着睡去,忙着清醒,忙着生,还是忙着死?

"忙着赚钱吧。呵呵。"我举起酒杯,很寒酸地这样回他。哪知他早已晃荡到另一边同别人欢快地交谈起来了。他这样问我,也不过是寒暄吧。我一个人冷落地坐在那。也好,反正也一个人习惯了。

随后又陆续到了十几个人。杂七杂八说起高中时候的事情,他们说得兴致匆匆,什么运动会,什么节目,什么老师,却似乎都同我无关。我暗自想着,这些记忆真是我们共同拥有的吗,还是,只属于他们呢?

这样干巴巴地喝酒,听他们闲聊,听有人唱起歌,听我呼吸的声音过了很久罢,沙曼把大家叫停了。全场安静。

"马上就会有一个很特殊的人要过来哦,你们可要好好欢迎欢迎啊。"沙曼故意卖了关子,冲着大家挤眉弄眼的,那副模样,恐怕是做多了商品推销员才烙下的影子吧。大家在猜测这个人是谁。我忽然没了兴致,只想这人早点来,我们早点散场,我早点回去睡了。

他走进来的时候全场忽然没了声音。大家呆愣愣地看着他。然后不知谁冒出一句:"你是,你是子航吧,你也来啦。真是太好了,赶快过来坐坐。"

忽然全场又热闹了起来。

张子航。

这个名字是有多久没有出现在我脑海里了。

三

　　张子航退学后的第二天早上，我在我家门口看到他了。他依旧像往常一样骑着那辆二手摩托来接我上学。又是薄凉的秋。阴郁郁的云惹得我心生厌烦。大风从河边一路吹过来，卷挟着粗糙的尘埃还有噪郁的声音。我懒得睁开眼睛，昏昏欲睡，坐在他后面，但是又有些恼怒。

　　"你当不当我兄弟啊，这种事都不告诉我。"

　　"什么事啊？"

　　"你退学的事。"

　　"那你不是知道了吗。"

　　"全班都知道了，我能不知道吗？"

　　他突然没了回话。我也稍冷静下来了。

　　"为什么不读了。"

　　"不想。"

　　"你都熬了两年了，再读完一年都不行吗？"

　　"不想就是不想。"

　　我没有继续问下去。倘若还有什么其他缘由，他不愿说的话，就随他了。

四

　　张子航今天的出现颇让我有些意外。当年他同班上的同学几乎没说过话，甚至大家对他都没什么好感吧。

他坐在我旁边,穿戴很整齐,说起话来风度翩翩。还有,他转向我的时候,我又一次看到了他的眼睛。他看我的眼神还是那样柔软,就像抚着猫身上的毛那样令人舒服;然而我从他眼神中却又看出了千篇一律对所有人都一样的柔软,以及生疏。我的心忽然颤了一下,就像猫忽然抖动起来从我手中抽离出去,这一瞬是难过吧。

"那时候就你跟子航最好吧,邹凯。"沙曼看着我们俩笑了起来,那笑一点也不庄重,甚至透出些撩人的意味。

我看了他一眼。他早已不是我所认识的张子航了。我认识他的时候他还是个干瘪、脸色发紫、一言不发的男孩。就算是后来也一直抗拒着这个世界。又怎么会是现在这样对任何人都笑得殷勤的张子航呢?

我忽然想,我同张子航是怎么认识的呢?

应该是小学三年级或者二年级的开学。是秋天。那个时候上课上到一半班主任领进一个男生,说他叫张子航,从外县转学过来。然后看到我旁边有个空位就让他坐过来了。他没有跟我打招呼,一坐过来就趴在桌子上睡过去了。他头发很乱而且很脏,好像很久没有洗过一样。甚至他连看人的眼神都是生怯中含有敌意。

之后的每天他都在上课的时候画画,或者打瞌睡。也不同我说半句话,仿佛我旁边坐着的不是人,而是只莫名其妙的动物。那时候我父亲去香港回来带了些糖果。我有意挑出一些自己不喜欢吃的装进袋子里拿给他。"这是我爸从香港带回来的,给你吃一点儿吧。"我当时大致是这么说的吧,他没理我,我便把糖果放在他桌上。他看了我一眼,似乎原先坚定的怒目而视已经拆掉了第一道墙。他又看了看糖果。不说话,也没有接过去,趴在桌子上又睡下了。后来几天糖果一直都放在桌子上一动不动。他对我的态度也像这堆糖果这样一动不动。

我开始再一次注意到他是,我父亲接我回家的路上,我看到他一个人自己走着。他总是低着头不看四周。那样子的场景我见过很多次。

有一天我终于忍不住在下课的时候问他:"你爸爸怎么不来接你放学呢？"他抬起头狠狠瞪了我一眼,把我吓得不敢说话。他究竟是怎样一个人呢？我那时想,每天都不同别人说话,不会很难受吗？

大概是他转学过来的一个月后,我父亲到外省出差了。父亲让我自己走路回家。那天经过小巷的时候,我被几个高年级的男生拦住了。他们围过来让我交保护费,否则就扒掉我裤子。可我口袋里没有钱,我惶急地大喊救命。从夹缝中我看到张子航在远处走回家。我朝他大喊。他转过头,定住了一下。没有理会我,继续往前走了两步。突然他冲过来推开我身边那些高大的人,我甚至惊异于他怎么会有这样大的力气。他拉住我一直往巷子里跑,甩掉了身后的那几个人。

我一个劲地同他说谢谢。他没说话,看看我,然后口袋里拿出我之前给他的糖果递给我:"以后不要给我糖果了,我不喜欢甜的。"我愣了一下,然后接过糖果。这样,算是开始交朋友了吗？"你家住在哪里？"我问他。"平安路。"这样的话,离我住得地方不是只隔两条街吗？"以后我们一起上学怎么样？"他没有回答,又低下了头。"我爸让我自己上学,他以后不接我了。"我不知道自己怎么突然撒了这个谎。他看了我一眼,缓缓点了点头。那个眼神,忽然变得很柔软。

后来他仍旧不跟班里的其他人说话。他是在伪装孤僻吗？还是已经习惯了。这些我都不得而知。我只知道,我把他当作我很好的朋友,我常带他回我家,跟他一起玩赛车,打游戏。我母亲说,我们两个简直比亲兄弟还亲。只是,他没带我去过他家,他口中也极少提起他的家人。两个人这样子算是什么呢,惺惺相惜,还是自怜自艾。

认识他以前,我都被父母关起来,像是养着一个玩偶一样,逼我读书,逼我做练习,逼我逼我,整日把我关在漆黑的屋子里。那间三层高的小楼。有时我从窗口看到外面飞起来的风筝,甚至想跳下去然后迎风飞起来。这种感觉,只有在同张子航描述的时候他才会理解。

"等秋天来了，我们去放风筝吧。那时候的风大。"我萌生出这样的念头。其实秋天早已经到了，只是这南方的小城从来不大片大片的掉叶子，也不会看到被风席卷的落叶。然而我和张子航终究是没放成风筝，两个人既不愿傻子一样地在空旷的地下奔跑，也不愿让风筝离开自己的手，只想牢牢地抓住它。

我有时看他在课上画的画。那是一些乱七八糟的画。人都没有身子，太阳永远被乌云遮住。还有风筝，被无数根细线缠绕着。他还画了一个男人，一个没有五官的男人。又画了一个美丽女人和一个小孩。他在旁边写着，我的一家。我撇过一眼这幅画，内心忽然难过起来。如果让我画的话，我会画成那个孩子没有脸，而那两个大人笑得极灿烂吧。

然而等我真正了解张子航家庭的时候，我却忽然明白了他对周遭人的那种抗拒仅仅是因为他对自己的无力，是卑微的存在感吧，细小如尘埃。

他告诉我他至今从未见过他父亲的时候，我才意识到为什么那时候他会对我怒目而视。在原来那个小城，他母亲被人泼狗血，被人骂，他们换过很多个住的地方，却一直被人赶，最后定居在这里，日子才算安稳起来。他告诉我他以前甚至不知道人家为什么要欺负他和他母亲。

"那你父亲呢？"我问他。他说父亲每个月都会给母亲打生活费，母亲那么多年一直等着他父亲和他老婆离婚，把他们两个光明正大地接回家。"那一天真的会到来吗？"张子航问我，他的脸被干涩的风吹得燥裂，眼里藏着哀怨。我看着他，然后不自觉地抱住他，抱得很紧："会来的，你一定可以同你爸爸住在一起的。"尽管我也不知道那天会不会来，但我希望能来，至少那个时候的我是这样想的。

四

那时我心里大概更多一些的是同情吧。我不知道自己出于怎样的目的想方设法地弥补他。但往往被保护的人是我。因为事实上我比他怯懦得多了。我不敢同人惹架,被人欺负都是张子航出面帮我摆平。他很能打,甚至一个人空手对上五六个都绰绰有余。

我回过神看一眼张子航的脸。轮廓仍旧是那么清晰。麦色的皮肤,高挺鼻梁,黑眼睛浓眉毛。怎么会不招人喜欢呢。甚至还是那么冷僻的一个人。

退学后的他同别人学起了街舞,甚至组起了乐队。那一年他在外头干了什么我不清楚。只是,他一直惦记着我,常常开着摩托车到学校门口接我下晚自习,然后带我去他们空旷的练习场,听他唱歌。

其实他走后我变得很孤单,班上本来就只有他一个朋友,他走了之后我连个能说话的人都找不到了。我想他,甚至是写练习的时候都不自觉念叨起他。我在心里咒骂他怎么可以就这样退了学。我想起他打架的时候伤过的手臂。我怎么那么懦弱,连打架也不会,老害他受伤。

后来连续两个星期他都没有来找我。我每天早上出门的时候还会愣一下他有没有过来接我。又或者是下了自习出校门的时候恍惚他会经过。却只不过是妄想吧了。我怎么就控制不住自己想他呢。

当他再次出现的时候,身边多了个女人。"我叫程筱菲,程咬金的程哦,怕不怕我咬死你,呵呵。""我又不是金子,我怕什么。"那天晚上第一次对话,我发觉这个女人天生就充满了撩拨其他男人的欲望。她连高中都没读,说起话来尤其庸俗。我讨厌这样的女人,甚至是恶心。然而张子航似乎喜欢这个女的,每天带着她四处闲逛。我不知道张子航究竟

看上她哪点。"你不会告诉我你喜欢她吧？""怎么了，你不觉得她很不错吗？""怎么看怎么庸俗。""庸俗怎么了，老子就是喜欢庸俗的，我这人本来就庸俗，不像你……"张子航朝我怒吼起来，那是他第一次朝我发脾气，竟然是为了一个女人。

我很懊恼，我承认自己说话是重了点，但是他也不至于这样生气吧。而他喜欢的那个女人，骨子里就是一副水性杨花。

在我们见过三次面后，她居然主动打电话给我约我出去喝东西还要我别告诉张子航。

"我就喜欢你这样白白嫩嫩的乖乖仔。""那子航呢？"我故意试探她。"子航那土包子，整天打打杀杀的有什么意思啊。你说，你喜不喜欢我啊。""你吗？你长得挺不错啊。"这么说的时候我感觉直恶心。"人家当然长得不错，我是问你喜不喜欢我这种类型的。"

她再一次问我这个问题的时候我愣住了。我当然不会喜欢她。可是，如果这样的人和子航在一起，以后会多伤子航的心呢？子航看起来虽然是个满不在乎的人，可他心里一定很脆弱。

"如果我说我喜欢你的话你打算怎么做？"子航决不能同这样轻浮的女生在一起。"你同子航分手我们就在一起怎样？"

我想我做的最蠢的一件事情一定是这个了。我怎么会知道子航因为这个女人而同我断绝来往。他一声不吭地就往另外一个城市走。他甚至连解释的机会都不给我。不就一女人吗，有必要这么对我吗？

我骂他。但骂到最后只得骂自己。

也好，自己一个人就一个人吧，反正以前也是这么过来的。我以为这不过是难过一阵罢了，哪知道张子航消失了，我整天像窝囊废一样，浑浑噩噩。我同每一个人吵架，毫无缘由。我无时无刻不想着张子航。

薄凉的秋天，河边吹来的风。没有沙子，没有尘埃，没有混杂的声音，只有难过。我这是怎么了，你张子航滚就滚了我当没你这个兄弟就好了啊。

我都忘了我是怎么熬过这一年高三的。

五

"你愣在那里干什么呢？"沙曼突然推了我一下，举起一杯酒递给我们两个。

我握着酒杯，眼神有些闪烁。"我们有多少年没见了？"我故作冷静地问着张子航。"从你去念大学吧。大概，大概六年，又或者五年。中间我们好像见过一次面。"

中间我们好像见过一次面。好像。你就那么不确定吗张子航。

那天母亲叫我从北京飞回来，我才知道家里变得一团糟。我把你叫出来，我说我很难过。我们在天桥上喝了一夜的酒。你是一句话也不说。我把喝光的空瓶子往天桥下扔下去。嘭。什么东西碎掉的声音。是吧，撕心裂肺地碎，都不给你一点儿缓和的余地。我朝你大吼："你知道这是一种什么滋味吗？"你抚着我的肩膀，安慰我说知道。"你知道个什么啊。"我说，"我妈拿着刀子割自己的手腕，脸上都是泪，眼睛哭得肿起来，手上衣服上都是血。她说我爸骗了她这么多年，她真是够蠢的。"我脑子像轰炸开一般。我忽然发现我甚至连一个能把这件事情说出来的朋友都没有，除了你。你知道那天晚上我哭得我多难过吗。如果不是你紧紧抱住我，兴许我会控制不住自己从天桥上跳下去。

我母亲没有死，还在医院，情绪已经稳定了，只是恐怕心也死了。家里已经是四分五裂了。父亲不知道出于什么原因居然要把那个女人娶回家。我拗不过父亲，甚至没有资格去指责他。然后是一个戏剧般的婚礼。当我知道，你的母亲便是那个我父亲养了十多年的情妇的时候，这

是多么的讽刺啊。我看到你母亲那一副熬出头的模样，还有你躲在角落里一声不吭地抽着烟，我不知道是该替你高兴还是替自己难过。我忽然想，你在十年前搬过来这里也是为了靠近你父亲吧，又或许，你接近我，也是为了达到你的目的。是这样的吗，真的是这样吗？好兄弟，真是好兄弟。

"你同程筱菲还好吗？"

程筱菲？！难道这就是他对我最后的记忆吗？难道他现在还认为我同她在一起？可笑。是不是当年他出来安慰我的时候他还觉得他自己很伟大，安慰一个抢走自己女人的兄弟。

"好得很。怎么，你还惦记着她啊？"

张子航不说话了。他突然站起来，把我拉了出去。对沙曼说："我们有些话要讲，一会儿回来。"他拉着我下了楼梯，一直走到外面。又是薄凉的秋，站在桥边，风懒懒地吹过来。"其实我早就知道你跟她没什么了。你为什么要骗我。"

"是吗？"

张子航的表情变得抽搐，我看得出他很难过。他把烟扔掉："你知道这些年我一直在想你吗？"

"是吗？"我回答得极冷。但我内心翻滚着差一点儿就要露馅了。

"邹凯。我母亲的事，是我对不住你，我也不知道……"

"你不用提这个，我早忘了。"

"这样的话，我们好歹是亲兄弟。"

"是吗？兄弟。好呀，亲兄弟。"我不敢看他，我的每一条血管都在打结，脑子很混乱。我不想同你做兄弟，不想同你做亲兄弟，你知道吗？

我把燃尽的烟弹到河水里，被涌动的水冲得无影无踪。我扭头便走，钻进一辆出租车，不给张子航任何一点儿赶上的机会。

六

"小伙子,失恋了啊,怎么那么难过。"坐在前面的司机问我。

"你才失恋了。"

回到家我开始整理起东西,将那些旧衣服打包,垃圾扔走。凌晨三点。灯光照耀下整个房间显得好整齐。我讨厌混乱。讨厌过这样乱七八糟的日子。我从来就不想这样。我这些年究竟怎么过来的。我忽然想起我母亲,这些年她过得还好吗?还有我父亲。还有,还有张子航。

他是无处不在吧。我花了五年去忘记他。一个晚上就把所有的苦心经营全都白费了。

这薄凉的秋,我讨厌秋天,讨厌风,进而讨厌光,讨厌黑暗。讨厌,讨厌一切可以触及的东西。张子航我是有多讨厌你啊。

把手机关掉,电脑关掉。下一个五年,我要离开这个残损的,埋葬了无数记忆的小城。

七

这薄凉的秋被我杀死了,它陨灭在血泊中。我以后再也不曾看到它了。

正驭风而行
却被你挟着我的影子
一齐栽到黑色的海里

翌日
有人惊呼海上长出了一棵披头散发的树
树上缠着一根千姿百媚的藤

第二辑

岁月忍晚

枝香

　　黄寡妇是个老寡妇了。她出生那会儿,战争不断,她娘顶着大肚子从大山深处一路奔逃到西南边境,在红水河上荡了两日夜,避过了硝烟炮弹和虎视眈眈的山盗贼寇,赶着趟在秋天瓜熟蒂落。她急匆匆地从娘胎里钻出来,哇的一声啼哭,惹得四周那些因逃难而紧绷着的冷峻面孔顿时软塌下来。因着是白露未晞,正值桂枝飘香,同路的一位先生便提议唤她做枝香。她娘觉着这名字顶好,此后,枝香这两个字便贯穿她多舛的一生。

　　瞎眼道士说黄枝香命带北邙星,克阳不克阴,是要把家中的男人都克死了才窜得出劫难。她娘不信,朝道士啐了口口水便抱着自己闺女大步走了。这一路骂骂咧咧的,却又右眼皮跳动不止,总觉得心绪不安宁;但低头瞅一眼自己闺女甘熟的睡相,轻拢眼皮,噘着小嘴,心里便平复下来。"是冒着大灾荒把你这娃子生下来哟,你可得给娘好好活着。"

　　黄枝香长到半岁,她们娘俩也在这穷山恶水的村寨度了不短日子。她娘不认得字,忸怩地托村里的书生小哥给婆家写封信,可迟迟没有回音。这兵荒马乱的日子,什么时候能是个头啊。黄枝香咧开嘴朝她娘笑笑,又扭动一下脖子,呷呷嘴,是要吃奶了。她娘扯开裹得严实的衣裳,

066

从下摆撩起半道口子,露出雪白的胸脯,就用这乳汁一点点把黄枝香喂着,哼哼小曲,在阴冷的防空洞同一大群从各地拥来避难的陌生人过冬。

炮火连天的日子停了,黄枝香也已经能跑了。惊蛰,春天如期而至。婆家寄来的信迟了半年同刚从地里回来的枝香她娘不期而遇。她娘拎着她快步穿过两个矮山头急匆匆地找到书生小哥。"这信上写啥了?"书生小哥不耐烦地扯开信,一字一句念了出来,每句的尾音都特意拉得老长,像戏里唱的那般。他读得心不在焉。末了,才恍觉这信是告丧的噩讯。"这话是啥意思?"黄枝香细致地从头听到尾光顾着沉浸在念腔中了,也没听出个究竟来。"他,他……"书生小哥语速放得很慢,不知道该怎么开口,"你,你可得撑住了。"黄枝香她娘莫名其妙地点点头,聚精会神地看着书生小哥。"你婆婆说,你,你丈夫打仗的时候,踩着地雷,炸飞起来,人没了。这信上署的日期是半年多前的了,他……""人没了是啥意思?"她娘皱起一边眉毛,从书生小哥手里拿过信,两眼失了神,木讷地点点头,抱着黄枝香稍有些艰难地站了起来,"哦。"整个人又头也不回地迈着大步子往山头那奔去。没有哭闹,没有号啕。

那天夜里,山上的狼嚎同女人尖细的哭声混杂成一支冷森的哀乐,叫人心颤悠悠的。风声也凑起了热闹,整夜刮着村口那桩大榕树窸窣作响,叶子蜷缩成虾条一般的残骸堆落了一地。那颗北邙星在远处的那里闪耀着,无人知晓。

黄枝香她娘决定拦着进城的车子赶回婆家。这地方偏远,车子是一个月才出去一趟,刚巧过三天会有一辆装卸货物的卡车出去。她娘收拾好包袱,叮嘱她一路上不许哭闹,要安安静静的,又当了手腕上做嫁妆佩戴的玉镯做路费。本以为万事俱备了,只可惜那天黄枝香闹肚子,稀里哗啦地耽搁了一会儿。等母女俩赶到村口那棵候车的大榕树下的时候,车子已经走得大老远了,她娘抱着她一路小跑怎么也追不上,只能又背着她往村里头走。再过了些日子,山匪打进这地界,把整条通往外头的路子全占了,出去一个宰一个,闹得人心惶惶的。她娘不愿冒这个险,便一直等着候着。

到一九五几年的时候,这地方才真正意义上的解放,可黄枝香她娘回去的心也死了,想着一辈子就那么踏踏实实在这过着吧,回去了也不见得就有好日子。

当年逃难到这村子里的人在后来零零星星都走了。黄枝香她们娘俩是外姓,1953年土改的时候她们分不到地,后来哭哭啼啼地去求队长才要到两亩荒田,但也总算是能纳纳禾稼。就靠着这点地一直熬到公社,转眼又到了"文革"。黄枝香长成大闺女,知青下乡一小伙子同她对上了眼,两人在队长的撮合下草草办了婚事,那一年黄枝香十九岁,丈夫刘长卿21岁。她以为此生就系在这个读过书、长得白净的男人身上了。

那段日子黄枝香现在回忆起来依旧是美好的。长卿"枝香、枝香"亲热地叫她,白天在地里挣工分,晚上吃了饭就在屋里教枝香识字,"何当共剪西窗烛,却话巴山夜雨时"的诗句也是刘长卿搂着黄枝香背出来的。后来村里评先进,黄枝香大大咧咧地喊着自己识字,队长琢磨着就让她做起了村里的会计,后来表现好,还推举入了党。

一晃好多年过去了,村里当年那些知青一个个都返了城,好多户人家的女儿给知青生了娃子最后还是没办法留住人。刘长卿还算是条汉子,没有抛下妻儿,扎了根就不走了。镇上逐渐恢复了学校,刘长卿在高中当起了教书先生。

"黄阿姨,你赶紧送小雨上绘画班去。"说话的是小秦的老婆,待人还算和气。黄枝香应了一声"唉"便拎着一只书包把小雨送到门口,又缓缓猫下腰帮小雨穿上红色的小皮鞋,晃晃悠悠地下楼去。

黄阿姨这三个字黄枝香约莫听了有三四年了。以前同村的人叫她小黄,丈夫甜腻地叫她枝香,后来当了几个孩子的母亲,一口一个妈地叫着。现在同辈的也所剩无几了,一个老人家孤苦伶仃在城里头待着,也

不想折腾成什么样。人老了，眼角结了一层薄薄的阴翳，看东西总是模模糊糊，连认个人有时候也得认半天。好在年轻的时候在村子里挑水砍柴下地也干过不少活，现在身子骨倒还算硬朗，走上个三里五里的也还成。

黄枝香喜欢小雨。虽然她爸妈都惯着她，平时娇里娇气的，可她笑起来两个浅浅的小酒窝和那双眼睛里荡着水波一样的清澈、无邪。黄枝香在城里也照看过三两户人家的闺女，前面几家都没干几天就被辞退了，要么嫌弃她年纪大大动作慢，要么觉得她是从农村上来的，身上有股洗不掉的怪味。后来托了人，才在小秦家安营扎寨下来，算来也有近四年了。其实小秦她老婆也不大喜欢黄枝香这么大年纪的保姆，既怕哪天出个什么事担待不起，又觉得犯了什么错不好训斥。只是因为丈夫朋友介绍的，碍于情面才那么一直留着，再加上熟识了比较信任，也就没有辞退。黄枝香心里明白这一点，所以她平时做起事情来也是小心翼翼的，生怕闹出什么乱子。

晚上，小秦顺路去把小雨接了回来。黄枝香也烧好了菜。四个人围在餐桌上吃饭。

"黄阿姨啊，再过几天就是年三十了，你有什么打算呢？"冷不防地小秦他老婆边往自己碗里夹块肉，边侧过脸问黄枝香。

黄枝香明白她这话里的意思，是让她过年就别留在这了，等过完年再回来。可她也明白，这几年哪次过年别人家不是热热闹闹的，而自己家里是一阵冷冷清清，连风也不舍得钻进门缝里灌进来，这个大宅子合上门空气就凝滞不动，夜里犯寒，月光就更让人心凉了。她并不是没有儿女，只是她不想让他们为难，更怕是害了家里人。

见黄枝香支支吾吾的答不上话，小秦朝他老婆使了个眼色，又和和气气地对她说："啊，黄阿姨呀，要是你不嫌弃的话，干脆就留在我们这过年吧，人多一些，也挺热闹。"

黄枝香愣了神，又尴尬地挤出僵硬的笑："不了不了，我，我那几个孩子还都等着我呢。"

说完便低下头。搪塞过这件事后也就不再提了。这顿饭吃得比往常更平静，像是一汪如镜的水面。

洗了碗筷，收拾好桌椅，黄枝香跟小秦夫妇说自己出去散个步。要按平时，黄枝香是一个人老老实实待在房间里，一动不动的不知道在思索些什么问题，或许人老了，脑子就喜欢悬置的状态。可今天这个举动有些不大寻常，小秦夫妇虽然也觉察出来了，但没多问，觉得大概是憋坏了，出去走走也好。

黄枝香开了门，就着楼道微弱的灯光，扶着墙面，一级台阶一级台阶地往下走。穿过小区大门，鬼鬼祟祟地到马路对面的一家小店去。是在打长途电话。肃霜天寒，黄枝香穿了多年的针挑绣花棉衣从大红色褪成了偏白的粉色。

"阿，阿青。我是妈。"

"哦，妈呀，怎么了？"

"你，你今年过年回不回来啊？"

"妈，你又不是不知道，我回去一趟得花好几千元的路费，这么远……妈，我这还有事正忙着，下次再跟你说了，先挂了……"

"哎，阿青……"

黄枝香听着电话那头回荡着有节奏又闹心的嘟嘟声，叹了口气，也把电话挂了。她手里还攥着两张被捏皱了的字条，一张是阿玉的电话，一张是阿燕的电话。她犹豫了一下，还是决定不打了。

黄枝香这一辈子一共生了六个孩子，前两胎都是男孩，让老刘乐得逢人必说。可惜大儿子没长过百日便夭折了。后来又添了三个女儿，分别取名作刘青、刘玉、刘燕。刘青在外头打工的时候嫁去了海南，帮人生了娃子，又盖了房，好几年才回来一趟。刘玉、刘燕这两姐妹不怎么光彩，

两个人都跟大老板,吃喝倒是不愁,就是不大自由。二儿子一直挺争气,父亲也很看重他,脑子聪明,又孝顺懂礼,只是16岁的时候患了病,早早就死了。兄弟两个都埋在一个山头。

其实黄枝香还有一个儿子。是小儿子,因为最小,又因为是男孩所以在他小时候就一直宠着他。只是到黄枝香老了,却又不大愿意提起这个儿子了。

刘长卿死的那年大女儿刘青大着肚子回来赴丧。父亲是怎么死的?黄枝香叙述说是架梯子上房梁取晒着的玉米不小心摔下来,摔坏了神经,后来又大病一场,医生说原先就有肝硬化,一直没察觉出来,现在什么事都赶一块了,连观音来了都回天乏术。刘长卿出殡的时候村子里来了很多人,大多是他教过的学生。

黄枝香听着那些人师母师母地叫着,她心里很替丈夫欣慰。可并不是人人都那么想的。她不小心听到村里那群老人背地里说着:她克父又克夫,儿子也克死了几个。黄枝香本想反驳两句,但她一张口就无力。她只得尽力避开人群。让她们说去吧,或许自己本就是个孤星煞命,只怪当年生错了时辰。这事在口耳相传中竟成了妇孺皆知。那群娃子们整日在黄枝香家门口喊着,黄寡妇,黄寡妇。黄枝香眼不见为净。掩着门在屋里静坐。

那个时候的黄枝香早已不是村里的会计了,丈夫还在世的时候辛辛苦苦建了新宅子倚在旧宅子旁。农村人家盖的砖墙瓦房虽然宽敞,但毕竟是泥巴地里长出来的。女儿们都纷纷往城里去了,最小的儿子刘伟念完大专也在镇上找了工作。两座大宅子顿时空荡开来,只留下黄枝香一个女人住着。她在旧宅里养了头牛和几只鸡,没事的时候就给鸡撒撒米,给牛添添叶。还有一株撑如纸伞,叶落缤纷的枯树,无人理睬,打不起精神。

红砖墙颓了。旧宅子里的正堂摆着丈夫的黑白头像。黄枝香四季

朝暮都喜欢坐在这灵堂前,同丈夫说话。屋里的回声很大,黄枝香就当作丈夫的回音。她笑,回声也一块笑;但她不哭,只是偶尔眼角沾几滴泪。往事总是一溜烟地从脑袋深处生长出来,像一株小草瞬时长成了一刻枝繁叶茂的大树,场景在眼前一幕幕放映着。她想不通自己怎么忽然长成闺女又嫁了人,母亲老了死了,自己怀孕做了母亲,死了儿子,又死了丈夫。她这一辈子从来未见过父亲,也不知道自己祖家在哪。她只听母亲念叨些零碎的字句,但串不成一幅画面。

她是个无根之人,漂泊之处,却也成不了故土。

同村有几户与她年岁相当的老妇十天半月的也来串一下门,无非感时伤怀一番,不识字,不会用那些文绉绉的字句诗词来表情达意,却也感叹一声,都说二十岁之前的日子是文火细煮总嫌慢,二十岁之后铆足了马力,日子一闪而过,到现在人都五十开外了,哪还有什么快啊慢的,还不都一样,等着自己走不动,等着躺床上,等着被抬进棺材。

十年。黄枝香在丈夫的灵台前守了十年,反反复复想那些细碎往事。好不容易等到小儿子结了婚,她这个老母亲总算是热闹了一回。儿子娶的是县城里有钱人家的女儿,父亲是大官,讲究排场。儿媳妇是一个自称赵小姐的姑娘,人长得挺俊,只是这尖下巴,吊凤眼总给她不踏实的感觉。她也不知道这儿媳妇以后如何待自己这个婆婆,但只要是儿子喜欢的,她总觉得错不了。

黄枝香特地到镇上纳了块上等的大红镶金边布料,在村里给吴裁缝裁了件新衣裳。箱子柜子里那些衣裳都搁了好几十年了,款式旧,衣裳又不艳。她觉得这辈子就那么一个儿子,就那么一次大喜,可不能给他丢了脸,要打扮得漂漂亮亮的。她虽然是一副老皮囊了,但好在身材不很走样。她想起当年年轻的时候在村头的那条河边洗衣裳,总有几个光膀身壮的年轻汉子走到自己跟前摆弄,献殷勤地就给自己提桶,或是讲几个笑话把自己逗乐。现在是老了,人都不在了。

婚礼那天,儿子安排几辆车子到村头来接黄枝香和几个老邻居,气派十足。她想着自己活了那么多年,如今总算是享享福了。黄枝香脸上带着积蓄已久的笑,灿若莲花,满面春风。她穿过大堂,看到一排排西装革履的男人和端庄着礼服的女人,心想,儿子现在混得还真是有模有样的。她还没见到儿子,想着这新郎官一定忙坏了吧。

刘伟从人群中窜了出来,她冲黄枝香喊:"妈,你怎么往这走了?!来,我赶紧带你过去!"说着他便领着黄枝香和那群穷邻居往另一个方向走去。是与大厅隔了一大块空地的冷僻角落,进了包厢,完全与刚刚大厅的热闹隔绝开来。"妈,你们待会儿就坐这,别乱走动了,万一走丢了,我这忙着呢可没工夫顾着你……""放心,放心,丢不了……"黄枝香眯着眼笑端详着儿子,但又转念一想,"阿伟啊,这个,按理说,我这个当婆婆的,应该……应该坐大厅的吧……按照咱们那的规矩……""乡下是乡下,县城是县城。妈,您听我的,好好坐这吧,外头都是些大人物,您这身打扮,抛头露脸的,多不合时宜,万一闹出笑话怎么办?!"刘伟不耐烦地把黄枝香按在椅子上坐稳,把她没说完的话打断,在说"你这身打扮"的时候又刻意压低声音朝她皱皱眉头。黄枝香瞅瞅自己的衣裳,这为儿子婚礼精心准备的新衣裳怎么反倒被嫌弃了?放到几十年前,得有多少人羡慕。黄枝香不高兴了,她当着邻居乡里的面,故意问刘伟:"阿伟,你结了婚是打算在城市里头买房子住下吧?""那肯定是呀,现在谁还兴在乡下建楼啊?!""那,那你打算什么时候把妈接过去?"黄枝香只是想试探着问问,并不打算住进城里,哪知儿子忽然急了起来,口气大转:"妈,你跟着瞎凑什么热闹,乡下不挺好的嘛,你要进了城里这不会那不会的,我又没工夫管你,你肯定不开心。就在乡下好好待着,多好?!"

黄枝香也变了脸色,她不知道该说些什么,难道自己那么多年辛辛苦苦把儿子拉扯到大,想跟儿子在城里住住也过分啦?!她刚想念叨两句,还没来得及说出口,儿子抢着说自己还忙着便转身走了。黄枝香尴尬地同这一群邻居在这间小包厢里,她感到气氛很压抑,冷清得没有一点儿结婚的喜庆,甚至比在老宅子里更冷清。她知道自己那几个女儿现在一定是打扮得花枝招展的在外头帮儿子接待客人,而自己这把老脸就该躲着藏着。她叹了口气,摇摇头。

乡下的日子待了几十年,从出生到这般年纪,早就看透了看腻了。黄枝香年轻的时候也到过城里几回。那时候的城除了楼高些,砌的材料不一样,马路宽些,行人同村里的也没多大差别,衣着都很素,至少她是那么想的。

黄枝香自从上回儿子结婚进了一回城,到这一次再进城已是半年多后的事情了。大女儿阿青给村头的小卖部打电话,让个年轻的姑娘到家里叫黄枝香接电话。阿青告诉她刘伟的老婆怀孕了。黄枝香高兴得整夜睡不着觉。她不知道为什么儿子没有通知她,但她来不及在乎这些了,第二天一大早,她便到镇上买了些补品,搭上去城里的汽车一路颠簸着到了儿子的家。这是她第一次来儿子的新居,按照儿子之前给记下的地址,转了好几趟车才找着。

黄枝香爬到了十八楼,头有些晕眩。她站在儿子家的门口,看着这红木上漆的防盗门和边上雕刻的花纹,觉得舍不得摸。她刚想敲门,又停下来,先吸了一口气,用手捋捋两鬓坠下的发丝,慈祥地笑着敲了两下门。见没反应,又连续敲了好几下。

"谁呀,不会按门铃啊?!"开门的人把黄枝香吓了一跳。她看见眼前这个女人脸上涂了一层黑乎乎的玩意儿,像极了戏里唱黑脸的包公。

"哎呀。"这个赵小姐转过头朝屋里喊,"阿伟,你妈来了!"黄枝香这才反应过来。刘伟慢吞吞地从厨房出来,身上还挂着围裙,这会儿正炒着菜。他把黄枝香领进屋里让她在软沙发上坐下。"妈,你怎么突

然就来了,也不跟我说一声?"

黄枝香从背来的蓝布袋中翻出几包散装的红枣和几包燕麦:"这不是听说我儿媳妇有喜了,就赶紧带些东西过来嘛。"这些补品是黄枝香平日里都舍不得买的。那个赵小姐看着自己婆婆手里那堆东西,毫不掩饰地透出嫌恶的表情。黄枝香心里还存在着疑惑,她朝儿媳那看去,想问什么,又羞赧于说不出口,最终还是问了出来:"你那脸上涂的是啥玩意儿,黑不溜秋的……""妈,她这是在敷面膜呢,海藻泥的,有些黑……"刘伟赶紧接话。

黄枝香若有所思地点点头,不往下问了。

午后阳光透过窗子在木地板上映出光斑。儿子儿媳都各自忙着自己的事情,没时间搭理她。黄枝香只得安安分分坐在沙发上一动不动地待了一下午。临近傍晚,刘伟伸了个懒腰,呼吸声打破了这种平衡。"妈,你看这时间也不早了,要不,要不我把你送回去?我这今晚还得来客人呢,也挺不方便的。"儿媳妇穿着睡衣从房间里走了出来,脸上的面膜洗掉了,露出嫩白光滑的皮肤,她斜倚在沙发边上,一个劲儿狠狠地瞪着丈夫。黄枝香看到儿媳妇这架势,她明白了,连声说:"也好,也好。"她不想遭人嫌弃,尤其是不想遭自己儿子嫌弃。

这一趟来城里,黄枝香总算是悟出了一个理儿了,儿子不想让她去,但缘由在哪,她自己也说不清;不过,她能感觉到的是儿媳妇的唆使。黄枝香想啊,现在你们是用不着我,等过些日子你们生了孩子,到时候还不得求着我给你们照看去。想到这,黄枝香心里也就安稳了。

可事实并不是这样的。儿媳妇临盆的时候,黄枝香也没收到个消息。孙子都出生一周多了,刘伟才同她说。黄枝香又上了一趟城里,她想看看自己的孙子。这孙子还在产房里,黄枝香怀抱着他,觉得他的眼神同大儿子的特别的相像,这念头一闪过脑间,黄枝香赶紧把孙子托给儿子抱着。她忽而颓丧着脸,刚刚的喜悦之情也倏忽消失了。她想着是自己克死了大儿子,现在可不能再害孙子了。

那天夜里黄枝香一个人坐着车子又回到村子里。她给老刘上了三炷香,又拜了菩萨和土地公。她拉了张藤椅坐在老刘跟前说:"刘家总算又有香火传人啦,大胖小子眼睛特别像咱们大儿子。"黄枝香心里那块大石头松了下来,与此同时,她又做了一个决定。她想到城里头去,但不同儿子一块住,她想离着自己的孙子近些,即使见不着他的脸,但只要能感觉到离得不远,这心里也就踏实了。

趁着远邻的同侪来找她聊话,她托别人在城里的儿子帮忙找份工作。这么大年纪了,也确实不好找。那人推脱了几次,虽然仍是不解缘由,但还是帮了这忙。只是这事情一拖又拖了大半年。最后黄枝香总算在小秦家安定下来了。

搭上车子进了城,这回是什么心情,她自己也说不清。她给两座老宅子上了两把铜锁,钥匙,悬在自己腰间,走起路来叮当作响。她总觉得这声音是老刘的声音。离开了宅子,老刘是该寂寞了,若是魂在,系在这钥匙上,也好让她有个思念的寄托。

黄枝香虽然住在城里,但儿子刘伟是一点也没发觉。刘伟一年到头也没回乡下看老母亲半次。他有很多借口,工作忙,老婆病,看儿子。甚至连大过年的都不回来看看,而是往老婆娘家跑。乡下那两座老宅像是无人打理的荒园,早已被迅猛生长的杂草所占据。黄枝香每回回去都得一棵一棵地拔掉。她回去的日子,无非是母亲、丈夫和两个儿子的忌日,一个人走上几里山路,在松柏树下烧一篮子纸钱,哭上一阵,又循着原路折返。

每年都这样,她早已习惯了。当然在小秦家的这段日子,她也总会每隔几个月抽空去看看自己的孙子。孙子是越长越大,但小孩子易忘,一周不见,就早已认不得你是谁了。

今年过年黄枝香依旧不想赖在小秦家里,她捡了些衣裤又坐上开往

乡下的汽车,这一路都是久违的风景。她看到近郊沿边村庄里奔跑的孩童总会想到自己的孙子。平日里照看小雨,也总不自觉拿自己孙子做比较。孙子小雷,年岁同小雨差不多大,白白胖胖的,在幼儿园读大班了。人生活到这个岁数也该是知足了,有儿有女,各家都过得好她也就安心了。她这一生从没有什么奢望,她觉得人就该本本分分的,不争不抢。当年村里头一群姑娘到城里窜亲戚成群结队托关系进了纺织厂做女工,有人拉上她,她不去,就成了村里为数不多几个留下来的闺女。她现在想想其实也并不后悔,因为留下来,才遇到了刘长卿。她觉得长卿像戏里演的书生一样,口吐莲花,谈吐风雅。她自己虽然没有什么文化,但就喜欢这样有知识的人,即使是呆呆看着,心里都已是很满足,更何况后来能嫁给他?

年轻的时候总是好啊,什么都不怕。夜黑风高的,两个人在桥上私会,瞒着母亲和所有人。只是拉了一下手,碰了一下又迅速缩回来。黄枝香觉得脸都红了,热辣辣的。那夜里她听刘长卿说了自己的出身,爹妈被批斗的事情,还有自己怎么在歇着的时候偷偷看书。她听到刘长卿说他们一群人在念书的时候,在眼前就仿佛出现了一群白衣飘飘的少年在念着诗。那是一幅多美的画面啊。黄枝香从小到大都没上过学,从动乱的日子出生到后面的渐渐安定,她只学会用眼睛看,母亲教导她察言观色。可她笨拙,每每任人欺负又总是不会还击。她大概是注定了要眼看着自己亲近的人先一步死去了。村里人都说是她克死了她爹,她那时受不得这些闲语,在被里哭了两天,是她母亲风风火火将那个率众滋言的姑娘甩了两个巴掌,又回来安慰她很久,她才舍得停下来。异乡人在这里的日子总是难熬的,好在这一切都已经过去了。

幸福同苦难一块过去,留也留不住。只是那些话和日子早已像钉钉子一般死死钉在黄枝香的记忆里。

老宅僻静,养的鸡和牛在黄枝香临进城前都一一赠了人,所以两间并蒂相依的老宅显得毫无生气。她像往常一样割掉庭院里的杂草,夜了便睡,昼则起。大年三十,家家户户都披红挂彩的,她也去了一趟镇上,买了红对联和福纸,将它们贴在门框上,依旧是冷冷清清。即使这个家里没有人了,黄枝香也不会让外人看出里面滋生出的颓败。她会守着这间宅子到油尽灯枯。

她不敢放鞭炮,自己已经不像年轻时候那么灵便,现在是跑不了了,燃炮总怕跑不及被炸到;但不闹腾几声竹火响是不大吉利的。于是她便抓几个从屋前跑过的孩童,给他们些压岁钱,顺道让他们给燃一条鞭炮。这几个娃子当然是乐意的,既填了口袋,又耍了会儿炮火。噼里啪啦的响声,也算是除厄运,讨个吉祥年了。

今年冬天格外冷,一直冷到早春。过完年黄枝香又收拾了包袱重新回到城里小秦家。让日子这么过着吧,该走到哪儿,便是哪儿了。

三月,孙子的生日宴。黄枝香每年到这个时候总是格外的开心。她又可以名正言顺地去看看自己的孙子了。今年设在天香酒楼。

黄枝香从小秦家出来,一路走到那的时候,已经很热闹了。她看到大厅门口写着刘公子五岁生日宴,不禁扑哧一笑。黄枝香朝正中央走过去。这一次的排场,同当年儿子结婚一样,来了很多人。不过几个女儿都忙着自己的事没来,乡下那群穷邻居也没来。这个地方她就认得自己的儿子一家。铺天盖地而来的谈笑声和一张张纸片般陌生的面孔压得她喘不过气。她继续走着,穿过人群和桌宴,总算看到了自己的孙子。她有些兴奋地加快步子走过去。

"小雷。"她大老远便叫着,但没人听见。等走到他跟前,小雷用疑惑的眼神看着她,问自己母亲:"妈妈,妈妈,她是谁呀?"儿媳妇赶紧说:"她是你奶奶呀。"这时候旁边已经围过来不少人,是要准备给小寿星祝寿的。黄枝香的儿子也放下手中的酒杯从一旁走过来。

"妈妈说你是臭婆娘,又脏又臭,皮肤皱皱,丑歪歪……"说着又朝黄枝香身上连续吐了几泡口水,吐完迅速地跑到自己母亲身后躲起来。

黄枝香僵硬地愣在那不动。场面倏忽冷静了下来。这时候人群中不知道谁笑了一声。又听见有人说:"小孩子不懂事不懂事嘛,哈哈。"接着大伙都笑了。黄枝香看到自己儿子、儿媳也在笑,周围的所有人都在笑。大家都在散发出各式各样的笑。盈盈笑语穿刺过她的耳朵,她的胸膛,她的胃在翻腾。她不知怎么的竟也随人群一同尴尬地笑起来。她究竟在笑什么,她自己也不知道。

黄枝香从笑声中抽退出身子,迈着蹒跚的步子晃晃悠悠地从人群中穿出去,身后仍是笑。她走进洗手间,打开水,用清水将衣服上沾的孙子的唾液擦干净。眼前是一面长镜,大而耀眼。映着黄枝香的上半身。她停了下来。呆呆地出了神地望着镜子里的自己。她把脖子伸得更近。那么多年了,她第一次这样仔仔细细地打量自己。她忽然看到一只满脸皱纹皮肤蜡黄一头银发的怪物。那双手,像枯萎的枝条硬生生插在自己身上。她忽而又闻到一股恶臭。是从哪里来? 是从哪里来? 不是我。不是我。黄枝香慌慌张张地从洗手间推开门出去,不小心撞到了正推门而进的一位女士,她急匆匆地走开,连抱歉也没说。下楼。穿过大街。回小秦家。

是时黄昏。橘色的夕阳一边染着天色,一边不动声色地沉入海底。柔和的光铺洒在人行道上,气温稍有些转凉。可黄枝香走着走着却觉得自己被如烈日灼烧一般的滚烫。她脚底刺得生疼。

一路上都是眼睛。是童稚的,清澈的眼眸。在唾弃自己。从地上钻出来的眼睛。从路灯杆上,从天空掉落下来。

那天夜里黄枝香向小秦家辞了工作,颤抖的声音却很决绝。小秦也问不出缘由,只好顺从她。她收了东西,连夜搭乘最后一班车子又回了乡下。初春时节薄薄的长衣掩得住寒气却暖和不起黄枝香冰凉枯槁的手和身体。她仿佛一路上都看到老宅在向她招手。朦朦胧胧的,远远近近重影叠山。

她坐在丈夫的遗像前。静默,不吐言语。月光停留在庭院,透不进小屋。屋里点有老式的煤油灯。她呆呆地端坐着。忽而哑然一惊，眼睛张得硕大。她听见门外有几个蹦跳的娃子在反复地叨颂一首诗谣："北邙女，克男丁。男不死，女不行。"

她走到院子里，月光又移到那一株歪斜的矮树上，鹅黄浅白的色儿在风里飘摇，撑如绿纸伞，塞窣流萤，却点染了花色，淡淡的香，色也淡淡。黄枝香用手拂过那细条枝叶。旁边窜出一个手执书卷的青年，他一边念着诗，一边用小铲子剖土埋根，他冲她笑。她一眨眼，他淘气地消失了。是桂花香。枯老了几十年未开，如今却失了时节迎风招展。

她也笑了，蹭着灯火微明到大红木箱子里翻出那间几年前儿子大婚时候裁的新衣裳。换上。又盘了头发，轻抹红唇。干瘪的脸颊也扑了粉。她坐在圆椅上，手里拿着那盏煤油灯在老刘的遗像前来回晃啊晃啊。然后，安安稳稳，闭上了眼。

夜深了。世界在微弱的火光中沉睡过去。

取经

陈金凤近来有一桩心事未了，她夜里翻来覆去想了好几日才总算下了决心同丈夫讲明。

事情要从芙蓉镇上出了个张仙婆开始讲起。而这张仙婆的来历又

是众口一词的邪乎。约莫半年以前，一户张姓人家的老闺女在山下放牛的时候被雷劈中，当场昏厥，后来盖棺入土，下葬的时候也不过四十来岁。一家人哭哭啼啼地说她还没等到嫁出去就走了，命可真苦。第七日全家扫祭，在坟头插上三炷香，张家小儿子听得棺材里似乎有动静。爹妈不信，侧过耳朵去听，果不其然。于是全家人松了土，一蠕动，这老闺女竟顶着棺材盖爬了出来。一下子把老爹吓得脸都青了。只见这老闺女两眼无神，嘴里喃喃自语，一路跑回自家蒙头大睡。镇上人说，这头七未过，按理说还魂的事也不是没有可能。老爹心里不踏实，但又不敢叫医生，于是从隔壁镇上请来了个仙婆。哪知这仙婆一见着这老闺女，连法也不做，也不用掐指一算，就大笑着说，何仙姑又收了一个徒弟，我又多了一个师妹。笑罢便扬长而去，别人问什么都闭口不答了。凑热闹的人多了起来，镇子上的人都到张家来见死而复生的老闺女。老闺女醒过来后不出闺阁，穿着绣花鞋盘腿而坐，两只吊凤眼一睁一闭。宰牛的老刘平日里同老闺女谈得来，于是坐在边上问她还认不认得自己，老闺女不答，老刘又问，今个六合彩开个什么生肖。老闺女学了声鸡叫，便振袖将老刘请了出去，侧身而眠。晚上六合彩开码，果真出鸡。整个镇上一下子沸腾起来了。先是老刘大呼着真是何仙姑的徒弟，就是准。不知谁又继续叫着名字转而成了张仙婆。于是老闺女就被人叫成张仙婆。

闻名而至的人逐渐多了起来，有人问她运势，她抓住那人的手，然后不问自答，顺溜地讲出对方的生辰八字连同祖上的情况又准确地讲出近来犯的灾祸，并告诉其破解的方法，还赠他方正红符。来人常常觉得敬畏自觉留下几百块钱放在张仙婆枕边。也有七旬老太来向张仙婆卜卦，张仙婆抓住老太的手一脸愁苦地说对方命苦，又从枕边拿了几百块钱塞给老太让她多吃好、喝好。

张仙婆是名声在外，有人说她是活菩萨心地善良，穷人不收钱，富人不出钱不让进；也有人说她是假神仙，装神弄鬼想骗钱。但不管怎么说，镇上的人集体捐了钱,竟给她盖了道观让她住进去,香火不断。

要说这老闺女这会儿是成了仙吧,不像是,整天也是吃喝拉撒睡一样不少;说她是人吧,也不成,哪有人能掐算出别人儿子出生的时候是几斤几两,爹妈死辰生日。总之,镇上的人就当她做半人半仙,对她是敬重得很。

陈金凤是在单位里跟那群中年妇女聊天的时候听说的,她也觉得诡异,但自从知道了她们局长也偷偷摸摸去见了这张仙婆回来后容光焕发事事顺后自己心里也是痒痒的。虽说陈金凤也是乡下人出身,这种仙婆仙公的事自然是听了不少,但死而复生倒是头一遭听来。她想去,可自己都嫁到城里十多年了又不敢出这个丑,怕人笑话。家里也倒是没什么灾啊难的,但一直平平淡淡怎么也富不起来,何不趁着这个机会让仙人给指条明路?

这一天吃过晚饭,儿子去上晚自习,碗筷还搁在桌子上没收拾,丈夫坐在沙发上看电视。陈金凤挨坐到丈夫身边,把电视声音稍微调小了些。丈夫一脸莫名其妙地看着她,她僵硬地笑了笑,又顿了下来,小声说:"老王啊,我跟你说件事儿。"丈夫转过头朝门看了看,关紧了,又把手架在陈金凤肩上,凑近了些,眉毛一挑:"什么事儿啊,那么神神秘秘的。""你先听我说哦,就是芙蓉镇那个张仙婆。""嗨,什么张仙婆李仙婆的,我还以为你要说什么呢。""不是李仙婆,是张仙婆,人家可是死而复生,算命可是准得很。""我算得也准啊,要不我帮你算算?"老王笑得合不拢嘴。"别扯开,我跟你说正经的。你看咱儿子明年也要中考了,你那芝麻大点的官也老久了都升不上去。""你这是什么话,我不是不愿调走嘛,真是妇道人家。要拜个仙婆能升官,我明天买二十樽观音像在家里供着,天天给她烧香。""我说你这人怎么就不明白呢,我们单位的丁局长都亲自携家带口去那了,人家钱赚得够多了吧,人家还不照样去?!""要去你自己去,反正我是不去。"老王将搭上的手又撤了回来,伸手拿过遥控

器换了台,是足球比赛,把声音调大,目不转睛盯着屏幕看了起来。

陈金凤觉得自己跟丈夫是说不通了,她看着这个一点出息都没有的丈夫,嫁给她那么多年了,小主任还是个小主任,别人早就芝麻开花一路不知道升到北京还是哪里去了,自己丈夫连窝都没挪过。呸,什么老王,一点王者气概都没有。陈金凤只得心里暗暗骂着,她可不敢明着来,边骂边收拾着碗筷,拿到厨房里洗。

水龙头喷出的水哗哗哗地流着,陈金凤脑袋里想象的是这个张仙婆究竟为何如此神通广大。难道是因为她四十几岁了也没嫁出去?何仙姑专收老闺女?陈金凤今年也要跨入四字头的行列了,她洗着碗,看看自己日渐枯老的手,心里很不是滋味。别人的老公争气,整天带她们出国旅游,买高级化妆品,做美容做保养,四十岁的中年妇女看着像二十岁的小姑娘,勾引起人来绝不逊色。可自己呢,自打嫁给老王,本本分分做着贤妻良母,每天洗衣做饭照顾孩子还要赶着去上班,自己是又当丫鬟又当妈的,什么岁月催人老,明明就是干活干出来的。陈金凤又想,要是当年自己不是急着要找个城里人当丈夫,自己在乡下守着守着,说不定四十岁了,何仙姑也把自己收做徒弟,哪里轮得到什么张仙婆,陈仙婆都显灵了钞票还不大把大把往自己口袋里扔?

磅啷。

"怎么了?"老王跳起来直往厨房冲了进来,"怎么那么不小心啊,洗个碗都能碎,你都多大的人了啊?鬼上身了吧!""你才鬼上身了。"陈金凤没一处好气的。她把碎掉的碗块捡起来扔进垃圾篓里,说到鬼,她心里是越发的觉得自己是一定要见见这个张仙婆才好。"你是铁了心不愿去见张仙婆了吧?""都说了要去你自己去,我不拦着你,你就是拜了她做师傅都行,反正你人给我回来就好。"老王又往客厅走了过去,觉得这女人怎么就不死心呢,非得见什么张仙婆李仙婆的。"那可是你自己说的,我过两天就跟领导请假去。"陈金凤摘了围裙也往客厅走去。

"请假说去山里拜仙婆为师？"老王坐在沙发上打趣地问道。"反正我有办法。"陈金凤从浅棕色的皮包里掏出了手机，还是四五年前的款式，她不赶新潮，也赶不起。

此时她心里又冒出了一个想法，既然丈夫不愿陪自己去，那不如找别人，反正现在大把人想去。她翻着通讯录，从头翻到尾，又从尾翻到头，都没觉得有哪个号码是自己好意思打过去的。

李玉芬？！

陈金凤脑袋里忽然闪出那么个名字，她的远房表妹，也嫁到城里来了，但命更赖，嫁了个建筑工人。算着算着好像也有四五年没联系了，甚至连号码也没有。但陈金凤总觉得，这是个最佳人选，这个表妹性子柔弱，老是疑神疑鬼的，小时候就喜欢拜菩萨拜土地公，大了就更了不得了。陈金凤给娘家那打了电话，问了表舅又问了表姐，折腾了一个晚上才把李玉芬的电话问过来。但已经晚上十一点多了。陈金凤要给李玉芬打电话，刚摁下号码，丈夫在一旁就嘀咕开来了。"大半夜的还给人打电话，多大点事儿呢，烦不烦啊你，你就不能等到明天再说啊，一点礼貌都不懂。"陈金凤本想还两句嘴的，但转念一想也对，不能那么大半夜的给人打电话，而且自己还没想好该怎么劝服这个表妹呢。于是陈金凤拿着浴巾去浴室洗澡，反正这事儿也八九不离十了，只要表妹一口答应，马上开始行动。

边洗澡，这陈金凤还边实战演习着，她对着镜子说话，编好了所有的词儿，赶明儿一早就给李玉芬打电话去。

老王看过报纸也洗了澡，回到房间看到李玉芬在拿起什么书仔细地揣摩着。老王翻过去看书名——《道教的起源》。"你怎么还有这种书？"老王钻进被子里漫不经心问了句。"今天下班路过天桥在地摊上买的，便宜着呢，才六块钱那么厚一本。"陈金凤眼睛都不舍得离开书本，倒是挺认真。"我说，你不会真打算去拜那仙婆为师吧？"陈金凤连回答都

懒得回答了,继续看她的书去,嘴里还细碎念叨着子·丑寅卯。老王切了一声,干脆把灯关掉,转过头就睡了。"哎,你这人怎么这样啊,人家看书看得好好的你关什么灯啊?!"老王也一声不吭。算了,明早还得打电话呢,睡觉就睡觉。陈金凤撇过脸,把书放在床头,同老王朝相反的方向背头睡去,两人身子中间隔出一大块空。

摆钟每秒都摇晃出滴答的声儿,老王起伏的鼾声有节奏地荡漾在空气里。陈金凤是半睡半醒的状态,心里一直惦记着事情怎么也无法熟睡。凌晨三点,陈金凤是再也憋不住了,她从枕头底下摸出手机,蹭着屏幕发出的微弱亮光踱步到厕所,关上门,开始拨李玉芬的号码。

"对不起,你所拨打的电话已关机。陈金凤这下才死了心又摸着黑回到床上继续睡觉。她稍微起了些疑虑,倘若玉芬表妹不愿去……不行,不管怎么着,就算是自己一个人都得去。陈金凤是狠了心要去拜见这个张仙婆。

第二天天才微亮,陈金凤就坐在梳妆台前整理好了着装。她给李玉芬拨了三次电话,仍是处于关机状态。究竟是怎么了?老王爬起来的时候看见镜子前坐了一个人,吓了一跳。"大清早你坐那干吗。"陈金凤光顾着摁手机了,没工夫理他。

一直到接近正午了李玉芬的电话才打通。陈金凤悬着的一口气总算是松下一会儿。

"喂,喂,是玉芬吗?""啊?嗯,是啊,你是哪位呢?""我是你陈金凤表姐啊,那么久不联系,不好意思啊。""哪里哪里。""近来可好啊?""还行,呵呵,你怎么样啊?""也还不错。"陈金凤想,不行,不能拖时间了,得赶紧切入主题。"我说玉芬表妹啊,我打电话给你是想跟你说件事儿。""什么事儿呢,你有啥说啥,没事儿。""你听说过芙蓉镇那个……"

陈金凤从头到尾把那个张仙婆的发迹史讲了一遍,又渲染了一些不必要的情节,总之说得是神乎其神,连陈金凤自己也搞不清究竟哪句是真哪句是假了。最后当然是把玉芬表妹给拉下水了,两人一块请了假约个时间去芙蓉镇瞅瞅。

虽说这事情是这么定下来了,可也着实不是那么容易的。陈金凤向老王借车子使,老王千万个不愿意。他说:"车子是公家的又不是我的,你当我那么好借啊。而且别人问起来我拿车子去干什么了我总不能说我老婆借去拜仙婆了吧?!"陈金凤只好跟李玉芬商量着去外头租辆车再捎上个司机,两人平摊着出钱。可这下李玉芬又有点不愿意了,她丈夫挣不了多少钱,自己又没工作,去一趟指不定得花上个千把块钱。陈金凤只好说:"反正也是我叫你陪我去的,路费什么的,你也就意思意思出一点好了,我出大头,表妹你可别介意啊。""那怎么好意思?"陈金凤笑着,心里却早看出李玉芬心里那点小算盘了:"没事儿没事儿,你要多出钱了,我更过意不去呢。"

人总算是留住了,但路程问题还得再核算核算。陈金凤不知从哪打听来的消息,这张仙婆一天接待的客人是有限定的,她每帮一个人算命,自己就要耗去一点功力,先是要遁地术,灵魂出窍到地府去见那人的祖宗,又要通灵术,和死人交谈,总之说得是有理有据。所以别人劝她得早早就去排队,每天在她那排队的人多着呢。陈金凤想啊,从他们县去到这个芙蓉镇少说也得六七个小时,还没加上走山路的时间,要想大清早就去排队,那不得大半夜的出门?这可不行。陈金凤同李玉芬研究了一下,不如先在芙蓉镇旁边的清水镇住一个晚上,第二天再爬上山去见那位张仙婆,一定能抢在前头。

接下来该是选个好日子出发了。陈金凤最近研究黄老道学,也大致懂写写算算那些个什么吉日凶日。但功夫不到家,还得翻出日历来看看上面的注明。这月的初七初八两天连着宜出行,但初九是个凶日,不宜

出行。陈金凤想，打铁得趁热，总不能等到下个月吧，两天内赶回家就行，千万别拖到第三天。

联系好车子·司机，问好路，这两个妇道人家便结伴出行了。李玉芬是十分佩服这位金凤表姐的，打年轻的时候，金凤就待不住，整天往外头跑。十三四岁自己一个人挑着两筐果子乘车往城里卖，成了姐妹几个最早进城的闺女。后来又趁着文工团招演员，绑了两只麻花辫子，偷穿大表姐的花衣服去报名，一招就招中了她。嫁了人，泼辣的性格是改了些，淑静了许多，但还是那么粗粝，走南闯北自己一个人也不怕。

路上有些颠簸，道不好走，车子老是晃晃悠悠的。陈金凤闲得发慌，就随便揪着李玉芬问起来："你这件衣裳在哪买的，色儿挺素净和你挺搭的。""都买了几年，旧货了，哪有什么搭不搭的。""你老公这几年怎么样？""还不就那样，整天半夜喝够了才回来，电话也经常不接，儿子又小，老是病快快的，全让我一个人带着。"说得有些伤感了，李玉芬叹了口气，"家里又欠下那么多债，都不知道这日子什么时候才是个头。"陈金凤卡在那有些不尴不尬的，也不知道该安慰些什么，又觉得不接话不好。沉默了一阵，李玉芬又问道："金凤表姐，你日子不是过得挺好的吗，为什么想到要去见见这个张仙婆呢？"陈金凤本来想说好什么好的，但一见到李玉芬那颓塌蜡黄的脸，自己也不好再说些什么："小孩子明年要中考了，帮他问问学业。""你儿子成绩不是挺好的嘛，我常听家里亲戚说你儿子拿了一堆奖状，让我们这些做妈妈的羡慕的很呢。"这话里似乎有带点刺儿，反正陈金凤是怎么听怎么不舒服："那都是别人吹的，我那儿子，能让我少操点心就好咯，整天惹是生非的，十几岁的人了，跑到学校孔子像前面插三炷香，立块木牌写什么孔子之墓，闹得学校都把我和老王请过去几次了。"李玉芬一听这话，扑哧笑出声来："现在的孩子，就是调皮捣蛋。"

两个人一路说说笑笑又偶尔说到动情处哽咽不止。

司机突然停了下来,陈金凤问他怎么回事。"前边修路,我们得绕另条道儿走。"司机回过头对她俩说。陈金凤打下窗子,探出头,看到前面确实是在施工,又问师傅:"这样啊,那就换条道儿走吧。""换条道路远,得多加二百块钱。""二百块钱?!你坑人呢你!"陈金凤眼睛瞪得浑圆。她算算,请个司机要二百块,还要包吃住,租车和油钱之前答应了是六百块,加起来都得一千顶她半个多月的工资了。"那你是想要调头回去?"司机也有些恼怒了。"二百块就二百块了,和和气气,没事儿,这钱我出,我出。"李玉芬倒是发了话了。司机这才开动引擎继续上路。

在盘山公路上行驶不免让人有些心惊胆战的,李玉芬可不敢往窗子外头看,一看全是悬崖峭壁碎石满地,但这陈金凤确实看得爽快,还不禁说起自己当年上山砍柴也是沿着公路一路走一路砍,砍到城里卖赚个二三十块钱的,顶那时工人一个月的工资了。

说着说着,车子竟突然抛锚了。怎么也启动不了,就靠在山壁边。陈金凤和李玉芬下了车看个究竟,司机打电话给修车的,但修车的说现在天快黑了,还要赶别的地儿,恐怕去不了。司机又看了定位,离最近的修护站和加油站还得七八公里,这么停在路边也不是个办法,不如拦下一辆车子让它把我们拉过去。

等了半小时,这条路一辆车也没经过。陈金凤不禁开骂道:"你这选的是什么路啊。"若不是司机是单位认识人的亲戚,荒郊野岭把人拐到这来还指不定会发生什么事情。李玉芬像是一株蔫了的花,无精打采地靠着车门站着。冷风凉飕飕地吹过来,吹得三个人颤颤悠悠。

太阳晃过了山头,这边的天色一下子就暗了下去。两个女人有些担心。

"实在不行只有这样了。"司机说着,从包里拿出三支烟,点燃了放在崖边,又双手合并朝山谷下拜了拜,然后兀自回到驾驶车位。

启动了几次,车子竟然能发动了。陈金凤和李玉芬两人的脸忽地就

青了,不敢吭声。倒是司机的话变得多了起来。一边开着还一边说:"原来我还不信。之前有个兄弟也是开到盘山公路上,车子抛锚,他说他点了在崖边三支烟,车子立马就好。嘿,没想到今个我还真遇到了。都说是有钱能使鬼推磨,这话还真不假。"

司机说完这话,陈金凤忽然觉得骨头又酸又冷,刺得自己有些慌了。李玉芬也分明感受到了周围笼罩着一种阴郁的气氛。仿佛越靠近这芙蓉镇这种阴森的气氛就越浓重。

"这种公路常出事故,死的人在这待得久了,寂寞了嘛,给他几支烟他肯定放你走。"司机从后视镜看见这两个女人都板着脸,试图调解一下气氛。哪知这话刚说完,这两个女的就更怕了。

一路安然无恙地行驶着,只是天色刷的就黑了下来。

车子倚停在山脚下的清水镇里。陈金凤人生地不熟的但她随便抓了一个人就问旅馆在哪。当地人不知道什么旅馆不旅馆的,只说有家招待所。挺破旧的,不怎么有人住。陈金凤订了两间房,司机一间,自己和李玉芬一间。

晚上她俩连澡也不敢洗,三个人一块吃了饭就匆匆睡过去了。陈金凤是睡不着的,只是无论如何都紧闭着双眼。睡了一会儿,李玉芬忽然推了一下陈金凤的背,问她:"金凤姐,你有没有听到什么声音?""什么声音?""就是唔啊唔的拖得长长的声音。"

陈金凤故作镇定地说:"嗨,不过是狼叫罢了。你别担心啊,这里靠近山上,狼啊什么的都挺多,也就叫叫而已,多听几声就习惯了。""习惯不了啊金凤姐。"李玉芬紧张得缩成一团。窗外除了狼叫还伴随着窸窣的风声,忽强忽弱的,窗子嘎吱嘎吱地摇晃,晃得人骨头都酥了。"没事儿,闭着眼睛深呼吸,一会儿就睡着了。"陈金凤安慰她。两人合上眼又继续睡过去。

声音还在窗子外头飘荡,从缝儿渗到屋里,让人寒意倍增。但两个人都死死地合上眼睛不敢睁开，即使听见什么动静也不理。

后半夜，陈金凤感觉到外边动静很大，有电筒的光直直地从门缝照进来，还有人不停地敲门。李玉芬也醒了过来。两个人互相安慰着没事儿，但叫唤声越来越大，似乎整个招待所的人都醒了过来，热热闹闹的。"麻烦开一下门，我是老板。"陈金凤隐约听出了是老板的声儿，才把屋里的灯开着，去把门打开。

"刚刚有客人发现房间里爬出几条蛇，估计是这几天山上寒都逃到山脚来避寒来了，我们现在检查检查，撒点雄黄酒和驱虫粉的，你们这方不方便？"

既然老板都这样讲了，当然是安全重要，陈金凤让老板赶紧给清查清查，叫李玉芬从床上下来。老板把床底用电筒照过去一遍，没有，又撒了些粉。检查床铺，刚把枕头掀开，爬出一只三十公分长的大蜈蚣，老板一惊，陈金凤和李玉芬看着更是吓了一跳，觉得有些想吐。老板让她们俩先到一楼大厅坐着等一下，马上派人清理。陈金凤拿了皮包便和李玉芬下去了。

坐在大厅的长木椅上，屁股感觉很冰凉，说是大厅，其实也不过是个空旷的小房间。很多人也陆续下来了，房间一下就不空旷了。司机看见陈金凤，也凑过去。陈金凤看看时间，快凌晨四点了，收拾一下东西五点就出发了。

一个穿棕色长袍的中年妇女走过来坐在陈金凤旁边，同她点头问好。陈金凤也点头意思一下。那个中年妇女跟她聊起天来，知道她们是来找张仙婆的，末了，同陈金凤说了一句"你身上跟有脏东西"，便匆匆上了楼。陈金凤不明白是什么意思，什么脏东西？她看了一下衣服上，裤子上，都挺干净的。她觉得这话越来越离奇了，但一想到天快亮了她就赶紧收拾行李上路。

进入山林的时候陈金凤觉得昨个一天实在是磕磕绊绊的，闹得心里

好不顺畅,就见个仙婆都搞得那么麻烦。李玉芬还沉浸在半夜翻出来那只大蜈蚣里,整个人迷迷糊糊的,一想到同蜈蚣睡在一块那么久就觉得浑身不自在,她老觉得皮肤很痒,似乎被蜈蚣爬过一样,越想她越觉得恶心。司机在前面带路,话说他也带人来过这几次,但每次一到镇上就找朋友吃酒去了,从来也没见着这张仙婆。

从枯草堆和泥泞的山道一路走着,看到太阳渐渐升了起来。山道的树干上挂满了巴掌大的黄绿纹蜘蛛,结着细密的大网,有人走过旁边也不惧怕,直勾勾地看着你,那叫一个摄人心魄。时不时又听到野鸡的叫唤。其实这些东西陈金凤小时候是见得多了,什么蜘蛛啊蛇蚁蜈蚣的,她小时候还和村里的男孩子一同抓了斗。但一下子离开农村十几年,再见到这么高密度分布的蜘蛛她确实有些不适应,但也不至于惧怕。

走了一小时,总算是看到芙蓉镇的那块石碑了。进去的时候里面已经是早市,很多商贩在街上叫卖。陈金凤一路打听着要去张仙婆的道观,路人都说张仙婆刚刚下山,不在。陈金凤不信,她硬要去道观看看,觉得这些人是怕镇上的事情外传,其实这事儿外面的人早就知道了。

问了几户人,陈金凤才总算走到了一个偏僻的地方。在一个小坡上,还得登上一二百级的台阶。远远就听到道观里播放的宗教乐,慢条斯理。陈金凤抓着李玉芬一级一级地登,心里有些紧张,又有些虔诚,仿佛那些朝圣者一般充满神圣感。每走一级台阶她都觉得自己就想要羽化成仙了一般,轻飘飘了,一路奔波跋涉的倦意全都没了。登上最后一级台阶,他看到有一个二三十岁的年轻男子坐在一张藤椅上,前面摆一张矮桌,矮桌上铺盖有一张金黄色的布。陈金凤一步一步小心翼翼地走过去有礼貌地问道:"请问一下,张仙婆现在方便见客吗?我们是特地从外地赶过来拜见她的。"

"真不巧,我姐她前几天刚出发去西藏取经去了,一时半会儿还回不来。"那个年轻人站起来朝她们作揖。

"去西藏取经？"陈金凤眉毛一皱，挤出很夸张的表情，"你说张仙婆去西藏了？！"

"是啊。"

"她是走去的还是飞过去的啊？"陈金凤好奇地问。

年轻人有些不耐烦地说："火车。"

"硬座还是卧铺？"陈金凤想都不想就接下去问。

"我怎么知道。"

陈金凤嚷嚷着："哎，这张仙婆怎么这样啊，让人大老远跑过来了自己倒躲起来了。"李玉芬赶紧朝陈金凤使了个眼色按住她的手让她别太激动。

"她这不是是取经普度众生了嘛。"年轻人看到陈金凤歪着嘴忙解释道。

"怎么就不先普度我啊？不行，我好不容易来一趟，可不能白来，就算见不着张仙婆我也得去观里看看。"说着她拉起李玉芬往里边走。年轻人没拦着她让她随意看。

进门的时候陈金凤险些摔了一跤，门槛太高，得把脚抬起来。里面的装潢是照着土地庙的架势装的，修了个金身的像。三个大香炉摆在正中央，陈金凤拜了拜但没买香。她想，指不定这里一炷香卖个百八十块钱，电视上不常报道那些寺庙什么的骗人钱吗，一口一个施主的，还不如直接说是猪。她有些悔意地拉着李玉芬出去了，李玉芬像个没魂儿的主一样，一声不吭。

陈金凤刚要跨下台阶回去，那个年轻的小伙子就跑出来叫住了她。只见他手里捧着一尊观音像，扣掉里漏出几根红绳。年轻人鬼鬼祟祟地对陈金凤说："你身上跟了脏东西了，你捐个香火钱，我送你一尊观音像还有几帖符，保你平安。"

陈金凤一听到"身上跟了脏东西"这句话顿时来了精神，她眼前忽

地出现了昨晚那个中年妇女的形象，一双吊凤眼，嘴里念叨个不停。"什么脏东西，我看你们没一个好东西。还取经，别以为我不知道西藏传的是佛教，你这仙婆仙公的充其量算是道教，哪有道教去和佛教取经的道理。"说着，陈金凤愤愤抱过年轻人手上那尊观音像狠狠地朝道观门口砸去，然后拉着李玉芬赶紧往下边跑。只听见身后传来不绝的骂声"你们这是要倒大霉的！"

司机载着陈金凤和李玉芬一路开回家。两个人一句话也不说，司机也什么都不问。

一到家，陈金凤便倒头栽进被窝里睡过去，没有半点精神。等她醒来的时候看见老王坐在她旁边一个劲地问她："怎么样，见着张仙婆没有？她有没有答应收你做徒弟啊？"陈金凤看到老王那张似笑非笑的脸，气得一句话也不说，把头转过去。

隔天去上班的时候同事们都围过来问："你这两天请假去哪了，该不会瞒着我们做了什么好事儿吧？""听说你去找那张仙婆了？！"

"什么张仙婆啊，我才没工夫去找她呢。"

"那你去哪了？"

陈金凤眼珠子一转："我去哪？我取经去了。"

"取经？"

"我……我亲戚开了家美容院，我跟她取点经，女人到了这个年纪是该保养保养了。"陈金凤看大家半信半疑的，然后拼命把眼睛睁大，皮肤绷紧，用手指指了指眼尾："不信你们看看，我的皱纹是不是少了很多……"

"哟，还真是。""我看看我看看。"

陈金凤这才松了一口气。

大家七嘴八舌说了一阵后便无趣地散开了。此后无人再提什么张仙婆的故事，陈金凤也把那本什么《道教的起源》给扔了，倒是陈金凤常被那群中年妇女追问着她家亲戚开的店在哪，改天带大伙一块去取取经。这陈金凤呢满口答应但却一直含含糊糊的，一直拖着。

而李玉芬，自从回来以后大病一场，看到细长能爬动的东西就想吐，她没有再同陈金凤联系，但时常思考着这张仙婆什么时候能从西藏取经回来，自己好去拜拜她，解解家里的愁苦。哎，这家家都有本难念的经。

夜莺

十二月六日这天，郭大军和陈家明出狱。

郭大军被簇拥的人群包围起来，裹进了厚厚的军大衣里，本来便壮硕的他此时如同一只深绿色肉粽。这些七大姑八大姨推搡不止，好不容易把郭大军送上车子里，一阵大雨便毫无征兆地骤至。

郭大军乘坐的车子颠颠簸簸的在路上行驶着，不时溅起污浊的水花，前边压着沉重的黑云。陈家明仍旧留在原地，他知道今天不会有人来接他，十年前家里寄来最后一件深棕色毛衣直到现今，连半封信都没有收到。恐怕，也不会有人记起今天他出狱吧。陈家明突然想起刚刚郭大军上车前回过头看了自己一眼，露出一个意味深长的笑，这笑是炫耀，是讥嘲，还是同情？陈家明不得而知。他只知道他现在穿着一件单

薄的外套,里面是那件由深变浅的棕色毛衣,整个人干巴巴地站在屋檐下躲雨。

大冬天的早晨,本就寒意逼人,偏偏又遇上呼啸的大风和雨。陈家明不由得颤颤巍巍起来。他时不时看看眼前那棵老槐树,十六年前他进来的时候它在这,过了这么些年,槐树依然挺拔如初,看不出什么岁月侵蚀的痕迹,而自己却已是一副垂头丧面的模样,三十出头的人看着像四五十,又总俯头驼背,像是不敢让人看到他那张粗糙的脸,也不敢直视别人。也难怪,在监狱里头处处都得忍气吞声,什么苦都要咽回去。

"你是家明吧?"看槐树看得入神,恍惚听到有人叫自己的名字,陈家明有些惊讶,他看着从雨里撑伞走过来的这个青年男子热忱地叫唤,却一点印象都回忆不起来,他有些尴尬地点点头。"我是来接你的,先快上车吧,情况我待会再跟你细说。"说完便把伞撑过陈家明的头上,一只手靠住他的肩膀,带着陈家明走过街道对面的车子边。"先进去吧。"陈家明按照那人说的做,肢体显得有些僵硬,两条细细的腿还有些颤抖,他想开口问什么又止住了。陈家明坐在车子上有种莫名的紧张屁股在柔软的坐垫上挪来挪去。

"舒服吧,在里边可没这种待遇吧。"他似乎把陈家明的心思看了个透,陈家明把头埋了下来。"没事,你不用紧张,这里不是看守所,你就放心地坐,大胆地坐,没人会把你怎么样的。"陈家明还是一声不吭地把头埋下去。"哎,我都忘了说,我是你家街道办的主任,姓李,桃李满天下的李,"说到一半他从后视镜看看陈家明,"看守所那边跟我们这联系过,我们查了资料,你家里人在 10 年前搬走了,具体去了哪也没登记,看守所那边让我们先安置你一段时间。我已经帮你找好住的地方,工作的话也安排好了。"听到这句话,陈家明稍稍松了口气,但仍有什么硌在心上。

"李主任……"过了好长一段时间,陈家明才肯开了口,但又不知道该怎么说。"叫我小李吧，大家都那么叫我，别李主任长李主任短的，说得像多大的官似的，有什么不清楚的你尽管问。""李主任，我，你刚刚说我家里人他们……""他们这几年有跟你联系过吗？""没，没有。"陈家明有些结巴。"写信什么的都没有吗？""很多年没收到过了……""这就难办了，我看你家里登记的资料好像迁去好几个地方，不是本省的管辖范围。再说，我们一个街道办也就十来号人，我这个主任也就挂个名管点事，要真的联系上他们，恐怕得过一阵子了。不过你放心，我们会尽力帮你联系上的。"陈家明虽然有些失望，但不知怎的一股久睽的感动涌上心头，兴许是因为这么多年都没有人那么和声细语地说话，把他当作个人看。

"我们，我们现在是去哪呢？""去刘妈那，以后你就住她那，上面都给你安排好了，你就安安心心住下，把工作干好了就行。情况呢我已经跟刘妈都说过了。"李主任似乎把一切都安排得很妥当了，不论陈家明有什么疑惑他总像事先彩排过一样有条不紊地回答。

陈家明便不再发问。

一路上这个李主任哼着不成曲的调子，断断续续。陈家明则透窗子往外边看，从郊区一路驶向城区，树越来越少，房子倒是多了起来，尽管是雨中，但这些红红绿绿的房子仍旧显得格外耀眼，跟十几年前相比变化可不是一般的大。陈家明从镜子上看到自己那张苍白瘦削的脸，颧骨突出，眼眸凹陷，他有些刻意地扭过头，像是不想再见到这张脸。这个小城还认得我这个人吗，城里的人还有谁记得十几年前有个叫陈家明的人呢？他埋下脸想着，但他又想，还是没人记着自己好，毕竟，毕竟从狱里出来也不是什么光彩的事。此刻他突然想起陈家荣，但却是一张模糊不清的脸。陈家明心里冷笑了一下。也算是无怨无悔，互不相欠吧。"还有十分钟就到了，待会你就好好洗个热水澡，四处逛逛，我还有些事去办，你有什么事就给我打电话，不清楚的也可以问问刘妈，我都跟她交代

好了。"说完李主任一手扶着方向盘,一手从车子前面拿起一张名片向后递给陈家明。陈家明双手接过,然后轻声说了句谢谢又把头埋下。这个谢谢恐怕只有他自己听得到。

按部就班的,陈家明被送到刘妈这,李主任将车子停在巷口,然后带着陈家明七拐八拐地绕进巷子里,这条逼仄阴湿的小路弥漫着各种污水的味道,他们在一户老旧的房子前停了下来,是没有粉刷过的红砖墙。在这个小城光鲜的外表下还有这样一个破旧的地方,陈家明反倒觉得轻松起来,他害怕那些高耸欲坠的楼,他觉得那随时会狠狠往自己身上压过来,片刻就成了碎骨。李主任有节奏地敲刘妈家的门,"咚咚——咚咚——"开门的是一个揣测不出年龄的稍有些时髦的女人,烫了卷发。她说:"你们找刘妈啊,她上街买菜去了。"说这话的时候女人倚在门边,两脚交叉立着,一手抚弄头发一手叉着腰。"你们先进来吧。"她眼睛打量了一下陈家明然后注意力很快转移到李主任身上,眼神瞬间变得柔软起来。李主任领着陈家明大大方方地走进去。"我就不招呼你们了,随便坐吧。"女人顺手摆过来两张椅子,示意让他们坐下。李主任突然说:"我还有事要忙,你就在这等着吧,家明。情况我都跟刘妈说过了,我先走了。""刚来就要走啊,你还没坐下呢,你就这么不想见我啊。"女人接过李主任的话,声音软绵绵的,像是吃了蜜似的,让李主任顿时有些坐立不安。"算了算了,李主任你这种大忙人,哪里会顾得我们这种小平民啊……"没等女人把话说完,李主任已经有些慌乱地从门边走出去。

"熊样,别摔死。"女人有些细细碎碎地骂道。陈家明坐在椅子上一声不吭,埋着头不知道在想些什么。"你是叫家明吧?"女人从口袋里掏出一把瓜子兀自嗑了起来。陈家明稍微点了点头,还是不说话。"你是哑巴了还是怎么的。"说完这话女人有些后悔,她似乎想起些什么,把刚刚跷起的二郎腿放下。"啊,家明呵,刘妈呢就快回来了,我先上楼去了。"说完女人便拖着长长的裙子上了楼,木制的楼梯发出嘎吱嘎吱的声响。陈家明对女人说话语气的更迭感到有些莫名其妙，但他仍旧静静坐在椅子上，凭借着屋子里微弱的光看清里边的摆设。正堂的桌子上有一张黑白照片，镶在框里，照片里是一个年轻英俊的男子。褪了红漆的木桌被抹得干干净净不落下一丝灰尘，仿佛可以看出每日都有人细致地清扫。

正堂里的钟摆在接近十二点的时候迫不及待地响了十二下，响完后仍有些意犹未尽，整个屋子里还回荡着最后一声——咚。刘妈挎着菜篮子踏上钟摆的最后一响跨进门槛，这些动作的节拍拿捏得十分准确，似乎全落在一个点上。"陈家明？"刘妈躬下腰把头凑过去。陈家明站了起来，给刘妈鞠了个躬。刘妈把腰杆直起来，会心地笑笑。"你的事情啊，小李都跟我说过了，你来我这呢，条件肯定不怎么好的，你也看到了。但也总不会比你在看守所里差的。"李妈把菜篮子搁在红棕色木桌子上，手指了指楼梯的方向，"你到三楼的房间去看看，门开着，都给你收拾好了，钥匙在三楼桌上。"陈家明点点头。他走楼梯的时候显得格外小心翼翼，他脑子里出现刚刚那女人走上楼的时候发出的嘎吱嘎吱的声音，清脆的又有些骇人。

陈家明洗了个热水澡，从带过来的包里拿出一件像样点的衣服换上，他想到十五年前自己住过的老房子那看看，便锁上门，把钥匙放兜里然后一步一步下了楼去，怕这楼梯随时都会散架了一般。

"要上哪去啊？"刘妈听见了动静，在门口叫住陈家明。"我，我想去我家看看。"陈家明说这话时不自觉又把头低下。刘妈走过去，从缠在裤腰上的荷包里拿出一沓钱，塞给陈家明："这是二百块钱，你拿着，别跟我说不好意思什么的，又不是不用你还。等过阵子你有钱了我会跟你拿的。"说完转身就走。陈家明朝刘妈鞠了个躬揣着二百元块钱往巷口的方向走去。"你家在哪条街啊？"刘妈走了没几步又转过身叫住陈家明。"解放路长安街 124 号。"陈家明脱口而出，他自己也没想到竟记得

如此清楚。"你说的那地方就在巷口的那条公路边上,几年前拆掉了,用来扩充道路。"刘妈有些惋惜说,"你要想去看看就去吧,虽然也看不到些什么。"刘妈似乎听到了一声"哦"又似乎没听到,只看到陈家明没有回头继续往前走。

长安街 124 号成了路边的绿化带。陈家明便顺着绿化带走,一直拐到 245 号。他不由自主停了下来,是一家旧书店,书堆放得很凌乱,甚至覆上了一层薄薄的灰尘,都是些没人要的老书,大多都缺了封面或是用牛皮纸包起来写上书名,甚至有些缺了几十页,故事只好从中间开始。店铺的深处有一个老爹在糊纸。耄耋老人坐在一只低矮的板凳上,两眼炯炯有神地看着手上的纸。陈家明猜测他大概在给旧书做封皮,不好意思打扰他便转过身要离开。

"入门即是客。"幽幽的声音从后边传过来,陈家明怔住了。字正腔圆,这语调他当然不会忘记。陈家明走过去半蹲在老爹面前:"您是张四爷吗?"老爹没有回答,屋子里突然冷清起来,眼耳口鼻之间只有旧书的气味色泽,他迟缓地把手上的纸放下,伸出一双蜡黄长满老趼的手抚摸着陈家明的脸。陈家明细细一看,才发现老爹的眼睛是瞎的。"我,我是家明。"陈家明双脚瘫在地上跪在老爹身前低语:"您好记得我吗,小时候我常和我哥去你那蹭茶喝,我……""你回来了?!"张四爷仰了一下头,虽然什么也看不到。陈家明却分明看到张四爷的脸上像被刀子刮了无数道口子一样,沟壑纵横。"回来了,我,我回来了。"陈家明按捺不住心里的激动,跟张四爷絮絮叨叨说了当年那些过往。他们说起附近的小学,大操场,张四爷茶庄里的常客们,街尾的基督教堂,公园,还有一切拆掉的旧物。旧书店里不时传出哈哈的笑声或是一阵悲酸沉闷,却经不起路边啄食的乌鸦和零星的路人。

陈家明回到巷子里刘妈家时已经日渐黄昏,他在门口嗅到饭菜味才记起来自己从早上到现在颗粒未进,自然是饿了。陈家明推开门的时候刘妈叫道："我还以为你只晓得出去，不打算回来了。（停顿了一下）吃饭了，赶紧坐下。"说完又加大嗓门朝楼上叫去："蒋丽，快下来吃饭了。"陈家明才知道今天那个卷发的女人叫蒋丽。

蒋丽穿了一件鹅黄睡衣，把头发梳得齐整挂在右肩，一双平底的木拖鞋在敲楼梯的时候重复发出吧嗒吧嗒的声音。陈家明愣了一下，他努力回忆起今天她上楼时的声音，似乎是嘎达嘎达，又或者是嘎吱嘎吱……"想什么呢，都入了迷了。"刘妈打断他的思路。陈家明不好意思地埋下头。蒋丽扑哧笑了出来："想必是在牢狱里没见过女子，看到我自然有几分动心啊。""不是的。"陈家明话刚说出嘴又赶紧把头缩回去。刘妈给他盛了饭，端到他面前问他："你个年轻人，怎么老低着头不爱说话呢？是头一回看到大姑娘心里害臊？""不，不是的。"陈家明这次说话的语速明显放慢了许多。"算了算了，就不取笑你了，冲着你来今天刘妈还多备了几个小菜呢，我可还得沾着你的光哟。"陈家明刚要开口却又停住了，他本来想说"不是的"但不知怎么的，他站了起来，给刘妈鞠了个躬，说着谢谢。他说这谢谢似乎是连带着对李主任、刘妈和张四爷一块说的，说了三遍才坐下。

"明早我带你去工厂那看看，先做食品包装吧，那里的人说话刻薄了些，但总是不会太过分的。"刘妈边吃边说着，"你今晚早点睡，明天我们好早些过去。"陈家明点点头。蒋丽在一旁慢吞吞地吃，细细地嚼，也不知道能尝出些什么味道。

陈家明吃过饭后把碗筷收拾好，刘妈让他到街上买两斤白酒："出了巷子右拐半里路就是了。"陈家明哦了一声，拿着刘妈递过来的手电筒和钱便跨出门去。

巷子幽黑，打着电筒更显得暗淡无光，周遭又无行人，只有水沟下边簌簌的流水声。在巷口陈家明按照刘妈的话右拐，他分不清走多远是半里路，便一直走下去，直到看到一家披红挂彩的铺子亮着灯。他在门口

便看到了郭大军,这个同他一起在监狱里的壮汉。陈家明立在离门外十米左右,不往里走了。

"我说大军啊,你这些年在里边可是受苦了,今天可得好好喝酒大块吃肉。"郭大军豪爽的笑笑,喝了一大碗酒。

陈家明看得难过。他也想有一群人围在他旁边热热闹闹,但这从来都是妄想,他现在是一无所有,若不是遇到刘妈的收容,恐怕晚上还得露宿街头。陈家明叹了一口气,拐过郭大军家的铺子,一直往下走,走了好几里路,又才见到一家买东西的铺子。他走进去,和老板说要二斤酒,装壶。老板利索地装了酒递给陈家明,接过钱的时候,嘴里呢喃着什么。等陈家明转身要出去,才问了出来:"你是陈家荣的弟弟陈家明?"陈家明转过身点点头。"你被放出来了?"依旧是点点头。陈家明正约莫着老板是否会跟他寒暄几句,不料老板两手做出驱赶的动作,嘴里不停念叨:"晦气晦气。"

陈家明有些尴尬地走出门去。他过了对面的马路,避开郭大军家的铺子,低下头走,避开所有人,所有记着他过去的人。

把酒和电筒递给刘妈,陈家明便回屋里休息了。刘妈随口说了句怎么去那么久,陈家明没有回。他进了屋,将门锁上,坐在床边看着旁边窗户外的景象,是一条街道,黑乎乎的,感觉像是被黏稠的夜色吞噬掉一般,也没有路灯,也不见行人。

其实陈家明走出巷口的时候就发觉这里人烟罕至,多半是因为建筑都已经老旧了,甚至有些摇摇欲坠,再加上前些年房屋拆迁,很多户人家就搬到别处去。这么数下来,一条迂回曲折的巷子走到深处,恐怕亮着灯的也就两三处。陈家明的屋里亮了台灯,但灯光仍旧是很微弱。他开始好奇刘妈为什么会坚持守着这栋破旧的楼,还有蒋丽又为什么会住在这里,刘妈跟自己非亲非故为什么肯收留自己这个囚徒出身的人。在狱中待了十五年,连思考问题的基本逻辑都没有了,陈家明总是听着上面的安排，按照严格的作息出勤、进食、休息。这么多年仿佛机器一样，自动运行，完全受人摆布，做事不差毫厘，连狱警想要责骂他的机会都没有。总是有新来的囚徒无端生事向他挑衅，他也总是习惯性地低下头，让人连对他动粗的欲望都没有。然而他又是个孱弱的人，骨瘦如柴，走起路来会歪歪斜斜，尤其在冬天会更明显。开始的时候还有人凑过去要跟他说说话，可总是别人说了好几句，他才懒懒地搭了简短的一两个字。里边的人便开始疏远他。不知什么时候，家里人也疏远他。又或许那根本算不上家人，陈家明很小就知道自己是被收养的，尽管跟哥哥陈家荣取着相似的名字，但无数次地被街坊邻居提起，被同学问起，他似乎永远也无法避开自己是养子这个问题。也只有到了监狱里才没有人在意他的来历，他是亲生的还是收养的。

陈家明慢条斯理地从包里拿出那本厚厚的俄国小说，是陀思妥耶夫斯基的《罪与罚》。他觉得这本书对他来说很讽刺。他究竟是不是个有罪的人，这世上只有两个人知道。但他接受了惩罚，在牢狱里关了十五年，从十六岁一直关到三十一岁这件事是所有人都知道的，毋庸置疑。

睡在这里的第一个晚上他难以入眠，脑子里混混沌沌，不停地翻来覆去，但又不敢闹出太大动静，因为是三楼，说不定下一个转身就瞬间倾塌从三楼狠狠摔到一楼。很多事情在他脑海里闪现，十六岁以前的，狱中发生的，交织在一起，重叠无序。他在恍惚间听到窗外传来奇怪的声音，断断续续，像是婴儿在哭，又像是鸟叫声。陈家明有些毛骨悚然，他想捂住耳朵，但这声音反而更响了，在他的脑子里缠起线来。过了很久，陈家明才慢慢适应这个声音，觉得这声音很凄凉，倒也像是絮絮叨叨些什么故事。这么想着，他便不怕了。

第二日醒来——与其说是醒来不如说是等到天开始亮起来——陈家明做好洗漱，下到一楼，在院子前面看着柔和的阳光。以前在监狱里他也总是喜欢这样，逼视早晨的阳光，没有人知道他这样做的目的，就连

他自己也不知道。这样看太阳看了十五年，他还是觉得每天出现的太阳不是昨天的那一个。昨天的那一个究竟去了哪里，是死掉了吗，还是被关起来失去自由了呢？他不得而知。

"怎么起那么早啊？"刘妈打了个呵欠。"习，习惯了。"陈家明应了一声。"吃了早饭我就把你带过去。"刘妈边说边往厨房走去。

虽是早晨，却没有鸟叫声，也没有人的动静，这里显得过分安静。但陈家明是喜欢这样的境遇的，这十几年来他似乎是在别人的眼皮子底下过活，吃喝拉撒像是被控制好一般，准时准点，每天都得听着各种人的嚷嚷，在他眼里，这些声音，人与物都一样的脏乱，毫无止境的脏乱，他甚至觉得他的身体根本不属于他自己，已经同这些脏乱融在一起。

他问刘妈："昨天晚上，你，你有没有听到什么声音？""什么声音？""就是，就是很奇怪的声音。""嗬，你又胡思乱想了吧，哪有什么声音。好了好了，赶紧收拾一下，要出发了。"陈家明也不好再问下去。

去工厂的路上没见着什么人，倒是有一些流浪的猫狗，脏脏的毛色。它们趴在泥巴地中，垃圾堆里，水泥地上，四处都是。陈家明泛起了同情心，想带一两只回去，可他又转念一想，自己是个连自个都顾不上的人，又怎么能照看好这些猫狗呢。只怕是跟了自己它们过得更清苦吧。

刘妈跟工厂管事的寒暄了几句就把陈家明留在那了，这些是之前就说好了的事情。陈家明被分配到四号间。一同工作的是两个中年女人和一个年纪稍大的男人。他们看到陈家明被领进来毫不掩饰自己的好奇，目不转睛盯着他看。陈家明似乎有些想拉近与这几个人的距离，冲他们笑笑。管事的没说什么就匆匆离开了。其中一个中年女人先开了口，带有些试探性地问："你会不会做啊？"陈家明稍稍看了一下机器，点点头，这些他以前初到监狱那几年里常做，后来就换了烦琐些的活。两个女人对视了一下，另一个说"那你试试。"陈家明启动机器，将口袋一个个放在传送带上，从出口处收好，动作还算是比较熟稔。男人率先坐到了椅子上，紧跟着那两个中年妇女也靠着坐下。男人抽起旱烟，吐一口气絮絮地说："你先做着吧，有什么不清楚的再问。"

陈家明也不说什么，就按刚刚的程序反复运作。此时的四号间是沉闷得可以听到呼吸声，几个人默契的连心跳也慢下来。两个中年女人闲坐着，捺不住了，便时不时向陈家明发问。"你是怎么进去的呀？"陈家明没有回答。"你不说我们也知道，厂子里的人全知道，你杀过人。"女人说这话的时候带点骄傲的，似乎要表现出自己对陈家明了如指掌。

陈家明一声不吭的地把堆积起来的口袋搁到地上。"谁让你搁地上了，谁教你的！"女人突然站起来故意提高音量。陈家明又把那些口袋都抱在胸前，他眼睛看着地上刚刚那个男人放置的口袋。"放下去。"陈家明愣了一下。"叫你放下去听不懂啊？！"陈家明照做了，又放回原处。"这还差不多。"女人满意地坐下去，"别休息，继续干活啊。"

四号间里弥漫的烟味越来越浓，让陈家明有些呛，但他不敢咳出声来。他可以清晰地感受到这三个人不怀好意，可他又能怎么样，毕竟不是所有人都像李主任、刘妈这样。想到这，他轻叹了口气。

"叫你别抽烟了，你还抽！"管事的推门进来便一阵大吼，他毫不留情地拍掉男人手上的旱烟，烟草抖落在地上打了个滚铺得到处都是。管事的看了一眼这狭隘的四号间："你们几个坐着干吗？我花钱雇你们来是让你们在这坐着吗？啊？！"两个女人赶紧跳了起来，凑过陈家明旁边佯装帮忙。"赶紧把地上收拾干净！"男人唯唯诺诺地躬下腰连说"是是是"。

管事的走了有一会儿，男人推了陈家明一把："把地上都收拾好了。"两个女人又照旧坐回凳子上。陈家明用手一点点把烟草捡起来，男人拿起袋子让他把烟草都放回去。

中午有大约一小时的休息，吃过饭，陈家明便尾随这三个人回到四号间继续做工。三个人坐在椅子上睡着了，男人发出厚实的鼾声。之后

104

的一个下午都平安无事,除了两个女人在一旁指挥或偶尔过来帮一下忙外,并没有其他什么令他难堪的事。陈家明自然是不敢休息,一刻不停地做下去直到傍晚,虽然累了些,但一想到每干一天就能挣到四十块钱,陈家明便又铆足了干劲。

散了工,他们都往自家的方向赶去。陈家明瞥到那两个女人心满意足的模样,似乎自己的出现让她们一下子从劳工升到了领班。陈家明沿着街道走,走到了长安街 245 号,停了下来。他默默地蹲着,在旧书堆里翻寻,看到一本《浮生六记》,不禁涕然。浮生,虚浮无定,纵然是漂泊也总是有值得欣喜的呀,可自己如今这般模样算是个什么呢? 原本还有些许的欣慰,一遇到这两个字眼便烟消云散。陈家明的脸随光线一同暗下来,越发的模糊不清。

"是家明吗? "张四爷听出了些许动静。陈家明放下书,径直走过去:"是,是我。""来看书啊?""散工了,顺道过来看看。"说是顺道,陈家明其实是特意拐了几个弯过来的。"多看看书,有益处。这年头,小伙子们都不怎么爱看书喽,尤其是这种旧书。"陈家明点点头,又恍然想起四爷看不到,便轻轻说了声"是"。四爷自顾地又忙起手上糊纸的活,陈家明便倚着细微的灯光坐在一边看书。等天都全暗下来,陈家明才缓缓从书中回过神来,向四爷告了别,赶回刘妈那。

蒋丽刚刚才出了门,刘妈在正堂里坐着,亮着灯,也不做声。陈家明回到屋里的时候,看到桌上是凉掉的几个小菜,刘妈有些气恼地说:"还以为你又干了什么事不回来了。"陈家明连忙道歉。刘妈要把菜端去热热,陈家明拦住说:"不用不用,我平时都习惯吃凉的。""那怎么行,要吃坏肚子的。""真的,真的不用。""随你了。"刘妈也不想再争执,倒省了麻烦。

刘妈问起厂子里的事,陈家明说,挺好。刘妈想再继续把话题延展下去,可却发现不知道该说些什么。屋子里是长久保持沉默的气氛。吃过饭，陈家明收拾了碗筷又匆匆回了自己屋里。

以后每日，陈家明都早早去到厂子里，遭人差遣，散了工，又到张四爷的旧书店看些书。他交代了刘妈不用等他。刘妈也没有要等他的意思。日子照旧过，过得极缓慢，都是些重重复复琐碎的事情拼凑在一块，蒋丽也没有再去他的房间，就连那奇奇怪怪的声音也不知道什么时候就消失了。这一切让人无法觉察每一日又有什么新的变化。直到有一个叫吴莺的女子出现，陈家明才恍觉日子有了些许味道。

这是个爱读琼瑶的女人，二三十岁的模样，清瘦的面容，皮肤白皙，头发盘起来齐齐整整。不知从哪日起，陈家明散了工到旧书店，总有个女子在店里专心致志地低头看书，看到动情处便吟咏一二句。她有时也读黄碧云，也读亦舒。读各色女子的生命。陈家明总是女子走后特地走过去拾起女子搁下的书。陈家明像是上了瘾一般，这个女子读什么书，他便在她走后亦拾起来读。他有时会在书的夹页触见一两行泪渍，他的心微微一颤，仿佛看到那个女子的面容。

工厂里在吃午饭的时候，大家还是刻意疏远陈家明，总觉得他是个多余的人，不是对他有所恐惧——大家似乎不怎么惧怕一个杀过人并且被关了十五年的人——反而处处与他作对。兴许是这里几乎所有人的年纪都远大过陈家明。大家虽不与他交好，确又总想使唤他。陈家明从来也就无所谓，要他办什么事，随意便是。只是陈家明偶有空闲的时候，会捧着女子前一日看到一半的书，细细地读进去，他甚至觉得自己是可以融入这女子的世界的，仿佛读懂了她一般，是惆怅啊，却也是荒凉。

厂子里的人看此时的陈家明就仿佛看路边一个痴倒的醉汉，也没兴致理他，只顾自己抽烟聊天。

周日有工休，陈家明早早就来到旧书店倚在门边看书，说是看书，他的眼神飘忽不定，总在寻觅女子的痕迹，猜测她会在什么时候来，今天会穿什么颜色的衣服。他又忽地想起女子有一日穿了一件暗红色的玫瑰

花旗袍,紫色鹅绒披肩,他觉得彼刻的女子最是美丽。但又不禁陷入了沉哀中,这么多日过去了,他甚至不知道女子的姓名,婚否。

黄昏过去了,女子还没有来,陈家明依旧痴痴地等着。他也不知道这个女子究竟有什么独特的地方让自己不由得心之所向。夜到很深,女子还未出现,陈家明无精打采地走回刘妈那,饭也不吃了,一头扎到被子里沉睡过去。

一连又几日过去了,女子都没有出现。与日俱增的失望让陈家明好后悔,他不停地责备自己早些时候怎么没有壮起胆子去问问女子。

做工的时候也开始有些心不在焉。

"陈家明,你过来一下。"管事的将陈家明叫到办公室,"你自己交代清楚。"陈家明不知道要交代什么,一脸疑惑地看着管事的。"厂里有一批货不见了,有人举报是你偷的,你承不承认。你要承认了,把东西还回来,我们让你滚蛋,这事不惊动警察,要是你不承认,被抓起来,恐怕你这辈子都别想翻身。你自己掂量着办。""我没有偷东西,我不知道怎么回事啊。"陈家明头一次遇到这种事情,自己也手足无措。管事的发出嗤的声音:"像你这种人我见得多了,况且还是有前科的,要不是刘妈给我塞了钱像你这种人渣,怎么会有地方要? "

陈家明把头埋得很低,不知道该说些什么。他似乎已经习惯了这种被人瞧不起的日子,以前是邻居家的小孩,是班里的同学,然后是狱警,是同监狱的人,接着是厂子里的人。嗨,或许自己就真的是这样一个人渣。可他从不后悔自己做过什么,他也不想向别人解释什么。只是,只是当他听到刘妈给管事的塞钱的时候内心颤了一下,他觉得倘若自己丢了工作,会很伤刘妈的人。又或许,自己因为这事又重新关进那暗无天日的监狱里,过像过去一样无休无止的日子。

"头,头,货找到了,在老王那,是他偷的……"陈家明还没来得及设想自己是怎么个死法,就有人冲进来告诉管事丢得东西找到了。陈家明

不知道哪来的勇气，他把工作服直接脱掉然后说了声，我不干了，便头也不回地走了。身后是一阵咒骂。"你以为你是谁，你不想干，老子还不想要你呢！"

从厂子里出来的，陈家明似乎又变得自由了些，他沿着与平日相反的方向走，此刻他不想回刘妈那。大冬天的，风刮在脸上特别的寒冷。他把外套落在了厂子里，身上只穿了一件秋衣，还有那件浅灰色的毛衣。就快要冻僵了，陈家明却越发的充满力量。他沿着河边走。一路走，暗道白色的水面结了一层薄薄的冰，水上弥散着雾气。

河的对岸有一个女子呆呆地坐在那，郁郁寡欢的模样，陈家明看不清她，但却觉得似曾相识。陈家明绕过桥，往女子所在的地方走过去。风毫不留情地灌进他的衣袖和领口。是她，是那个爱读琼瑶的女子。陈家明越走越近，将女子的脸一览无遗。细细的眉如柳叶般，白色的肌肤微微透着红，纤细的腰身，好美的女子。陈家明不禁想。"如果我们的人生一无所获。"

女子回过头，接了下句"那是因为我们以为的爱将我们虚耗殆尽。"不禁问道，"你也喜欢读吗？"陈家明有些不好意思地说："你喜欢读的，我都喜欢。《突然我记起你的脸》，我喜欢那个浑身是伤却仍旧选择相信的女子叔琴，流落风尘依旧如此美。"女子朝陈家明走近："又或许，我是如同她一样的女子呢？"女子说这话的时候微微低下头，忧郁的一字一顿地说。"嗬，我叫吴莺。你叫什么？""我，我叫陈家明。"陈家明显得有些紧张。"这书中写的都是虚假的，只是想博人眼泪，叫人同情罢了。真正的日子又怎么会这么过呢？"吴莺兀自笑笑。陈家明不同意："也不一定，也总有真爱在吧。"吴莺把头扭过水边："这世上的女子总是卑贱的命。害人害己。""此话怎讲？"陈家明不解。

吴莺说："你若想听，我不妨给你讲个故事。但是不是这里，走吧，我们到对岸的咖啡厅。"

陈家明朝女子笑笑，并肩同她走过去，心里反复念叨吴莺吴莺这个动听的名字。

咖啡厅里的光线调的很暗。陈家明第一次到这种地方。也对，他的十五年的青春都是在监狱里度过的，怎么会有去过？也只有看书中的描述，在脑海里想象罢了。吴莺倒是显得熟稔这里的环境，点了一些吃的和两杯拿铁咖啡。

"女子十六岁的时候以为自己是倾城的白流苏，能醉倒无数风流才子。到最后才发现，自己也不过是个平庸至极的人。她爱上的那个男人高大英俊，就像琼瑶小说里所有的富家公子一般，眉目清秀。起先，男子说自己是个生意人，比女子大不过四岁。男子每夜带着女子坐在他摩托车上，穿梭在城市里，像风一样疾驰。近乎疯狂的爱，女子旷了课业，离家出走，到城市里过糜烂的生活，夜夜歌舞。日子过得太舒坦。女子以为这是一个可以托付终身的男人。男子说，跟过我的女人很多，但她们最后都自己跑掉了，我是真心喜欢你的，但或许有一天你也会自己走掉。女子用手指轻轻遮住男子的唇，她说，不会的，你去哪我会跟到哪。此后啊此后，男子因为贩毒被缉捕，要跑路去云南，女子说要一块去。男子不让，女子要以死明志，男子才妥协。女子要走之前回家跟父母道别，父亲说，倘若你敢走出去一步，我马上死给你看。女子头也不回地出了家门。她以为这只是吓唬她的诳语。她跟男子到了云南，她以为这又是琼瑶小说笔下的大理，这是个多情的古城。却没想到，自己竟被最爱的男人卖给道上的兄弟。她就像商品一样，转来转去。嗬，后来她总算是懂了，这世上又怎么会有什么真挚的爱。多年后她逃回了家，可父亲早已去世，母亲又抑郁而终。她恨琼瑶，她更恨她自己，曾经是多么的无知。然而此后她仍旧读琼瑶，读黄碧云，可她在读这些字句的时候分明想的是自己。自己也如同那些蠢女子相信什么爱情。"

陈家明听得入了神，不禁心头一颤。"我所说的那个女子便是我，恐怕你也已经猜到了。一晃眼这么多年都过去了。"

咖啡厅里有拉小提琴的声音，陈家明感觉吴莺的血液随着乐声来回起伏。"其实我见过你很多回。"吴莺喝了一口浓郁的咖啡，"在旧书店，你总是一副死气沉沉的模样。"陈家明有些不好意思。

"你是做什么工作的？莫非也是个生意人？"说到这句，吴莺不自觉笑了起来，却又由笑转到轻轻的啜泣。这泣声是细细碎碎的，要叫人内心都翻涌起来才肯罢休。陈家明坐过吴莺的旁边，伸出一只手架在半空，又犹豫了一下，他才把吴莺搂在了怀里。吴莺把头埋进陈家明的怀里，泪水沾在他灰色的毛衣上。吴莺也把两只手环抱住陈家明。

陈家明说："你我都是无家可归的人，恐怕所有的至亲早已将我们抛弃，三十年前，十年前。我不是什么生意人，我甚至都不知道自己算个什么，我在牢里关了十五年，判的是杀人的罪行，嘀，你害怕了吗？"

吴莺没有说话，她从包里取出纸巾轻轻擦了一下残留在脸上的泪渍。"每个人都有自己的故事吧。"她心里想着，看着眼前这个文弱眼眸澄澈的男子，不禁更感兴趣了。"能告诉我究竟发生了什么事情吗？"吴莺问陈家明，眼睛直勾勾看着他。

"我，过去的事情还是，还是不提了吧？"虽然是稍微有些疑问的语调，但陈家明有些刻意回避这个问题，吴莺看到他的眼神恍惚不定，或许是些令人难过的回忆吧，便不再问他。

"不如说说现在吧？"陈家明意识到气氛稍有些冷淡，便随口找了个话题。

"现在？"吴莺用匙子搅了一下咖啡，放缓语速说，"你还没跟我说你是干什么的呢？"

"包装工人。"陈家明刚说话出口就意识到自己今天早上发生的事，"不过已经辞掉了，现在，现在没工作。"陈家明无意识地把头垂下。吴莺不知道该怎么说下去，又继续搅动杯中剩下不多的咖啡，匙与杯壁摩

擦发出清脆的声响："我现在也整天闲着，不过也好，辛苦了那么多年。"陈家明尴尬地笑笑。

吴莺看了看墙上的挂钟，发觉时间不早了，也该回去了，便向陈家明告辞。吴莺刚站起来走出去几步，陈家明就忽地叫了声："吴莺。下，下一次我们什么时候再见呢？"吴莺回头笑着说："随缘吧。"

陈家明没有追上去，他其实是想向吴莺表达自己心中的想法的，他想要吴莺跟他在一起，但他又犹豫这样是不是操之过急，可他觉得吴莺对自己也是有一种特殊的感觉，但他又说不出是什么，也不是很确定。他也知道即使追上去也不会有什么结果，他连最基本的温饱都给不了吴莺。陈家明匆匆吃过东西，用第一天刘妈塞给他的二百块钱结了账，便往那条幽深巷子走去。一路上，陈家明都在想着吴莺，想着自己如今寄人篱下，破旧的阁楼又怎么给吴莺一个安身之地。他不禁对自己嗤之以鼻。

街道总是在临近黄昏的时候喧腾起来，倘若夜再深些，便四下寂静了。陈家明看着马路中间奔来跑去的三轮车夫，感到他们是多么的自由，每天可以穿过桥，街道，看到天空，看到鸟儿，看到行人，想着想着便不禁歆羡起来。

刘妈坐在正堂里等着陈家明，她已经听说了他的事，并没有责备他，只是问他，下一步有什么打算，并且是问得小心翼翼，生怕让陈家明伤了心。陈家明想都没想便说，拉拉车，做个三轮车夫也没什么不好。尽管只是随口的一句话，但刘妈却托了关系给陈家明弄来一辆半新的三轮车。

从厂子出来后一个星期，陈家明成了一名三轮车夫，一切进展得十分顺利，仿佛是一开始就安排好的一般。他开始过上新的生活，每天骑着车子在街道上穿行，他挤出很夸张的笑脸去招纳客人，卑躬屈膝向每一个路过的人问，要坐车子吗？可陈家明那么瘦弱的身躯却总是要丢掉不少生意的。因为跟别人比起来简直瘦了一大半，客人总不愿上他的车子，他每天接下的客人也就少得可怜。但稍微还是有些收成的，也不至于饿死。而旧书店，陈家明仍旧每日都抽时间到那看看书，也许是看书，也许是看人，这谁也说不清楚。只是再也见不到吴莺了。陈家明还是每日念眷着这个女子。

　　街道两边落掉叶子的树又缓缓抽出了嫩绿的新芽。可张四爷身体越来越差，原本只是眼睛不好使，现今连走路也成问题，甚至连张口吐字的力气都没有，无妻子儿女，孤身一人守着这旧书店。陈家明这天同往日一样坐在店里看书，张四爷招呼他过来，递给他一个信封。陈家明把它拆开，是一沓钱和一封遗嘱。张四爷大概也知道自己时日不多了。他让陈家明在自己死后就用这笔钱为他办个稍微像样的葬礼，这家旧书店就留给陈家明照看。陈家明答应他一定会把事情都做妥当。不知道为什么，陈家明忽然又想起陈家荣，小时候，他们常常在张四爷的茶庄玩，学着大人的样子品茶。那时候的日子多无忧无虑啊，陈家明每天跟着哥哥跑，玩在一块，他挨欺负了，总是哥哥出面解决，他相信哥哥总有办法解决所有事情，他也永远听哥哥的话。看到张四爷病快快地卧在床榻上，陈家明心里很是难过，难道要连这条街道上的最后一点真实也要消失掉吗？

　　其实这一天很快就来。在信封递给陈家明的第三天，旧书店没有开门。陈家明把张四爷留给自己的钥匙拿出来，把门打开，他早已做好最坏的打算。事情如预计的那般。四爷死前面容安详也算是善终了。

　　葬礼在张四爷死后第四天举行。来的人不多，他的那些旧友多半在"文革"的时候就已经离世，参加的只是一些街坊邻舍。除了穿衣戴白，整个葬礼没有多少哀伤的氛围，没有人哭，也没有显示出过分悲伤。大家面色僵硬。张四爷的巨幅遗照就端放在礼堂的正中央，每个人走过去给他鞠躬。礼堂的旁边有一排落了叶的法国梧桐，也不知道是谁种上去

的，让一个告别生命的地方充满了异国情调。快散场的时候，陈家明看到了吴莺。这多少让他有些意想不到。他未承想过两人竟以这种方式重逢。吴莺穿着一袭黑色及踝的长裙，陈家明才恍然发觉冬天过去了。

"你愿意留下来吗？留下来为张四爷照看他的旧书店。"陈家明走过去脱口而出一句不着边际的话，仿佛是接过刚刚谈及的话题。

吴莺没有回答。陈家明说："你要是不回答，我只好当你默认了。"也不知道他哪来这么大的勇气。

"你说过再见就是有缘的。"陈家明看着吴莺。

一切都是意料之中又哪里来的什么缘不缘的。吴莺每日躲在旧书店对面的阁楼里，偷偷地从窗缝看陈家明，这个每日在旧书店等她的男子。直至今日，她才肯出现。这个理由对于吴莺自然是不成立的。但吴莺笑了笑。

"那么，你，你愿意跟我在一起吗？"陈家明说着，不禁有些激动，仿佛这些日子他们从来没有分开过，反而让彼此的感情更加深了。

吴莺有些为难，她说过自己是个不相信爱的人了，现在仍旧是这样。况且，和陈家明的接触尚浅，既不知道对方是什么样的人，又无法窥探对方的心。她看着陈家明此时恳切的眼神便想起他在旧书店专注看书的样子，有些感动。她经历过那么多男人，没有哪一个同陈家明这样寒酸落魄的，但又有哪一个像陈家明这样寡淡清癯的呢？也许确实有些什么其他的东西在深处晃动她，但她是说不清的。"先依你吧。"吴莺这话说得极小声，但陈家明还是听到了。陈家明自然是千万个高兴，他说："那以后，以后你就守着旧书店，我去拉车赚钱，我们要买自己房子，盖在长安街145号。"忽然念起145号，陈家明的心抽搐了一下。

处理好张四爷的丧事，陈家明找到刘妈，他说他要搬出去，谢谢这些天来刘妈对自己的照顾。他本来也想谢谢蒋丽的，但蒋丽这阵子总是不见踪影。刘妈什么都没说便哭了出来，哭得陈家明心里一阵一阵的难过。

刘妈断断续续地说:"原来以为,儿子死了,你可以给我养老,哪知道,终究也留不住你。"陈家明这才想起正堂那张黑白照片。

直到陈家明搬了出去,他向别人打听才知道,刘妈的儿子是个警察,在执行任务的时候被歹徒杀害,李主任是刘妈儿子的好朋友,那叫蒋丽的女人是她儿媳妇。陈家明才明白为什么李主任会那么帮自己的忙,又为什么在提到家里人的事情总是推三阻四。

但怎么说陈家明也是那种知恩图报的人,他会时不时回去看看刘妈,只是刘妈在陈家明走后精神也显得萧条许多,人像是更苍老了。不知道那幢老房子什么时候也崩塌化作淤泥,这里的一切都显得那么老,那么久远了。

陈家明每日大汗淋漓在大街上踩车子搭客人,吴莺则在旧书店照看。这旧书店一日也来不了几个客人。更多的是来翻翻几页便就失望地走掉。一来二去,交完水电费,一个月下来书店根本不赚钱,甚至还要倒贴。陈家明和吴莺的日子过得很艰苦。吴莺不再看琼瑶的小说,她读读那些诗集,像普希金,像波普拉夫斯基,从一本本破旧的书中挑选一些辨得清的字句,记下来,奉为箴言。不知道从什么时候起,吴莺也有了同陈家明一样的习惯,每日早早地起来,看清晨的太阳。她看到太阳,便不由得记起波普拉夫斯基的诗,他总是反复地提及太阳,太阳。但那些太阳又总是被阴翳覆盖着,读起来,吴莺心中不免有些悲凉。

傍晚的时候,陈家明会从菜市场带回一些青菜和瘦肉,他不会煮菜,但吴莺会。吴莺做菜的时候陈家明在一旁看着,看得有些心惊胆战,一来怕吴莺切肉割到手指,二来怕油锅太烫溅到吴莺,他每每想上前替吴莺做,却总会被吴莺呵斥回去。吴莺的手艺一般,但陈家明却一副很喜欢的样子,总是夸好吃好吃,大概是喜欢人吧。再晚些,陈家明又该出去了,他是晚上也不能闲着,骑着车子,在夜色下吹风,偶尔能遇上些客人,大部分时间是在思考什么人生,什么自由,也许,也是在想念吴莺。

我在,歪脖芳丹酒吧

大概日子是越发的拮据,吴莺这些年攒的那点小钱早就花没了,陈家明赚得也不多。她看着陈家明在大太阳下边汗流浃背,又常被无礼或怒气冲冲的客人责骂,虽然陈家明笑着说自己不苦不苦,日子过得很开心,但吴莺心里很难过。她想了很久才决定接受一个插画师的邀约,画她。其实这件事一直拖了很长时间,早在几个月前,那个插画师便找上她。原因是他曾看过她在夜场里跳舞,姿态优雅,腰身轻软。那时的吴莺还不在这个小城。她过着颓唐而颠沛流离的日子,却每日穿得花枝招展,像是放纵自己,其实是在折磨自己。她害怕独处,这样会让她陷入无止境的悔恨,那些苦痛不堪的过往就历历在目。她选择的是逃避,在夜店找了份跳舞的工作,纯粹是跳舞。却无法颠倒众生。本来她以为她可以这样子跳到人老珠黄直到被扫地出门。但她错了,她无时无刻不厌倦这样的光影声色。甚至在所有的女子都在热烈的舞蹈笑得尤为夸张的时候,她是一张毫无表情的脸。那个插画师一眼便看到这张别致的脸,并请求她,要画她。吴莺自然不肯答应,一个时常出没夜店的人,又能画出什么好东西呢? 她总是这么想。而后吴莺辗转来到如今这个小城,却不承料到,插画师也跟了过来。

　　此番答应,是为了陈家明。吴莺却不想让他知道,她怕人说闲话,怕家明会觉得难受。吴莺便挑了每夜的八点到十点这段时间。此时陈家明去街上跑生意,晚上早些把书店关掉也省了电费。

　　吴莺地站在插画师面前,白皙的皮肤,像仙子一般。插画师每次画吴莺的角度都不一样,背部,侧身,正面。但每次给的钱都一样多,多到陈家明拉一个月的车也赚不了。吴莺每次回去总是小心翼翼,尽量挑些人少的小道,她怕被熟人遇见露出破绽。其实哪里是怕什么熟人,她是怕遇到陈家明不知道该如何解释。

　　这样去了几次后,吴莺走起夜路也就没那么担心了。

　　白天的时候,吴莺仍旧在旧书店卖书。她小心翼翼把钱都存到一个罐子里,她想给陈家明换一辆摩托的三轮车,这样陈家明便不会那么吃力。吴莺每多存一些钱都会笑得很开心。

陈家明把车子拉到院子门口上了锁,开了门就喊"吴莺"。可是却不见人作答。他以为吴莺是睡着了,又往床那边走去,没有人。陈家明看看挂在正堂的老钟,此时已经过了十一点。平时吴莺总会在屋里等着啊。陈家明忽然有些害怕,但他也不知道吴莺会去哪里。按理说,吴莺在这该是没什么亲人的了,总不能一个人大半夜的还在街上走着吧。这么想着,陈家明便推了车子骑出去,一手拿着手电筒,一边叫"吴莺"。

他从长安街穿过北路,又弯到李子巷,一路上就吴莺吴莺地叫,有人从窗口伸出头朝他破口大骂,大半夜了吵什么吵!这样找了很久,却不见踪影。他叫倦了,也不敢叫了,便回到旧书店门口坐着等,一直到了天亮。这夜可真长啊,一个行人,一点星光都没有,寒风一阵阵地吹,像是要把人吹得身心俱疲,吹得担惊受怕才肯停下。陈家明在瑟瑟的风中又开始胡思乱想起来。不,不是胡思乱想,他又再一次清楚地听到那凄凄的声音,像是女人的呻吟,婴儿的啼哭,又像鸟儿在叫。那声音是真实的——至少陈家明从来没有怀疑,那夹杂在风声里,混在夜色中的声音,从四面八方涌聚,将他包围。

他以为吴莺要是回来,会先走到这里来的。可吴莺没有回来。陈家明又开始四处找,他决定到派出所报案。派出所那边的警官说,早上在河边有人发现一具女尸,还没人认领。

"不,那不是吴莺。她平时不去河边的。"陈家明使劲摇着头,"是,是哪条河?""城西的那条。"一个警官回答。"旁边是一家咖啡厅?"陈家明声音很明显的颤抖。"哪里都有咖啡厅嘛,那附近有没有我不清楚,倒是有家食品厂。"

陈家明让警官马上带他过去。路上他便想,那是,他们第一次说话的地方。

吴莺的尸体被水泡得浮肿,但陈家明仍旧一眼就可以看出来。法医要求对尸体进行鉴定。陈家明啪的一声跪在河边号啕大哭。围观的人越来越多,但没有人能听懂他嘴里在念叨些什么,也没人过去劝慰他。他不敢触碰吴莺的尸体,他大概是不肯相信。直到警察强硬把他带回局里做一些口录,河边才安静下来。可不论警察问什么,他一概回答不知道。事实上他确实什么都不知道。他不知道他不在的这段时间究竟发生了什么,他不知道为什么才过了一夜一个好端端的大活人就变成了这副模样,他不知道是不是昨天晚上自己往河边骑过去找吴莺兴许还可以找到一个活着的她。

陈家明整个身体像是被撕扯一样,脑子里一片混乱。

法医的检验结果,女子死前疑似遭到性侵犯与人搏斗。是自杀的可能性极大。

这事情在县里传开了。大家风风火火地谈论这个惊人的消息。吴莺以前的事情瞬间被挖掘出来,她被说成是是风尘女子,被人包养,各种流言蜚语。

而此时,郭大军被派出所抓走了。理由是有人举报那天夜里看到醉了酒的郭大军出现在河岸附近。郭大军自己也承认喝了酒,是醉了,但是绝对没有做过那种事,甚至都没见过吴莺。但警察们决定先把郭大军关几天,毕竟他是个有过前科的人。街坊邻居此时不再给郭大军辩解,反倒异口同声猜测就是郭大军犯的事。警察问起郭大军这个人平日怎么样,邻居们便开始大肆说他如何如何粗暴,常常是醉醺醺的,有时在路上还想摸女人。这些乱七八糟的话自然是整条街的人都听到了,大家似乎像亲眼目睹一般,说得极其真切。

陈家明也听了一些传言。此时他不知道该说些什么。街坊邻居来安慰他,大家似乎忘记他是个被关了十五年的杀人犯。每日都有拥挤的人群过来说些同情的话,说些诋毁郭大军的话。陈家明突然觉得这个世界变得很混乱,他又开始想,那个女尸不是吴莺,吴莺一定是去其他什么地方了。可他又时不时想起那张被水泡得浮肿的脸,分明是吴莺的模样。

李主任也过来了,他带来了一个消息。陈家荣来了,住在城西的一家酒店。

陈家明还没从吴莺的事情中缓过神来,他不知道为什么陈家荣早不来晚不来偏偏在这个时候出现。他稍微整理了一下行头,便跟着李主任过去了。虽然穿戴整齐,陈家明身上的颓唐却无法掩饰,他两眼无神,眼圈很黑,眼袋也很重,嘴唇和皮肤是干裂的,嘴唇上的胡子浓黑,才几天没刮,便疯狂地长起来,仿佛要吞噬了他的整张脸一般。陈家荣却是一副端庄的模样,头发梳上脑门,打了油光的发蜡,笔挺的西装,和十五年前仍旧没什么改变。从看到陈家明进门的那一瞬便开始保持笑脸,似乎想缓和气氛,而陈家明的脸像打了石膏僵硬在那不苟言笑,又加上是多年没见了,陈家荣的笑显得拘谨起来。

李主任把人送到后便极识趣地合上门走出去,似乎陈家荣是什么有来头的人物。但李主任并没有走远,他伏在墙边偷听。听得乱七八糟,也不清楚里边究竟说什么。只有中间一段声音特别大的嘶吼稍微清楚些。

"这些年,你还好吗,家明?"陈家荣先开了口。

陈家明听见他说家明两个字的时候心里特别的难过。好多年,好多年没有听到这个声音了吧。

"我知道你一定埋怨我们为什么那么多年都不去看你,家明,哥对不住你。家里确实出了点事,我也是刚刚才知道你出来了。你跟我去英国吧,手续什么的我很快就可以帮你办好的。"

"我为什么要走?"陈家明面无表情地看着陈家荣。

"家明,答应哥好吗,你在这里不安全。""我有什么不安全的,我一没杀人二没放火的。"陈家明暴躁起来,他从来不会说这样的话,此时他

118

心里想的是吴莺吧，才会如此口不择言。陈家荣沉默了。

"我生在这长在这，这里是我的家，我为什么要走？"陈家明越发得难过起来，"你是怕哪天事情败露吧，你是怕别人知道我替你顶了罪吧，嘀，为了我的安全，你是为了你的安全吧。10年了你们从来没有想过我！哥？对，你是我哥，我要报答你，没有你们我怎么到今天？谢谢你们收养了我，给我吃给我穿。"陈家明蹲在地上哭了起来。

"家明，我也是不得已啊。你听哥一句好吗？"

"听你一句？嘀，我什么时候没听过你呢？我什么时候没听过你呢？我听你千句万句。我听你千句万句才够吧。"

"家明。"陈家荣走过对面的床榻坐下，又站起来走了两步，然后回头，蹲下来从床底取出几幅画，又往柜子的方向走去，"我来这么多天了，也该回去了。我帮你定了下午的票，我们一起先到市里吧。"陈家荣像是没听到家明刚刚说的话一般，只顾自己往下说。

陈家明不经意看了看放在床上的那几幅画，白皙的背影，忽然很熟悉。

陈家荣看到家明一动不动盯着画，便走过去，重新拿起来说："这是我最近画的画。你还不知道吧，你走了之后，爸送我去学美术，嘀，我记得你小时候也挺喜欢画画吧？"说着，陈家荣用手轻轻抚了一下这幅画，笑了一下："你说我把这画叫《夜莺》好不好呢？"

"那女人是谁？"

"你说画里的吗？"

"那女人是谁！"

"叫什么我也不清楚，是个舞女郎，身材挺不错的。"说到最后一句话的时候，陈家荣故意朝家明笑了一下，"你说，这天下怎么有那么傻的女人，为了自己的男人来这脱衣服。不过可惜了嫁给个穷小子。"

他以为，陈家明会对自己的话表示赞同，毕竟都是男人。

第二辑
岁月忽晚

陈家明呆呆地看着这幅画,一动不动,他越看越感到熟悉,虽然只是背影,白皙的肌肤,可以感觉到脸的那边带着忧郁。

"你喜欢?喜欢就带回去吧。"

陈家明笑了,痴痴癫癫地笑,他没有说话,突然从陈家荣手里抢过画,抱着画,紧紧地抱着画,抱着画中女人的身体。他用手轻轻摩挲画的背面,眼睛里似乎看到了美好的事物,咧开嘴笑。

"你怎么了,家明?"

陈家明抬头看看陈家荣的脸,仿佛还是同十六年前一样啊,两撇眉毛霸气的往上翘,但眼里却充满惶恐。彼刻的陈家荣抓着陈家明的手说:"家明,家明,你一定要帮我,你不帮我,我会死的。"陈家明一脸疑惑。"我,我杀了人。你帮帮我好吗,家明?你帮帮我。我已经成年了,他们会枪毙了我的。你,你才十六,他们顶多就关你几年……况且,况且我们家对你这么好。你就帮帮我这一次行吗?"

"我们家"、"对你"——听到这几个字的时候,陈家明的眼睛忽然红了,原来这么多年不仅别人当我是捡来的,你们也当我是捡来的。

"哥,你说吧,要我怎么做我全答应你。"他说"哥"这个字的时候觉得自己充满了虚无感。陈家荣抱住家明,嘴里不停说:"弟弟,谢谢你,谢谢你。"那句谢谢你,让陈家明一直记到现在。

从进监狱的那一天起,陈家明就不断对自己说,忘掉过去忘掉过去,你是个有罪的人,你有罪,你杀了人,你双手充满鲜血,你必须在这里赎罪,没人能够帮你。那个时候的陈家明,每天都逼自己相信这一切,逼自己忍下去,逼自己忘记。后来也不知道怎么就熬了这么多年。

陈家明从桌子上拿了把刀,他冲向陈家荣,闭上眼,刚要把刀子捅进去,手便颤抖起来,刀子掉在了地上。陈家明没有把刀子捡起来,他坐在地上抱着吴莺的画哭。可他的这个举动是彻彻底底把陈家荣吓到了,陈家荣赶紧冲到门外去。

陈家明一边哭着，又笑了出来，他似乎在自己的哭声中听到怪异的声音。是刚住下来的那几个晚上耳边反复响起的声音，是昨天夜里坐在旧书店门口萦绕耳旁的那个声音。他晃着脑袋，张开嘴去模仿那断断续续的声音。

　　郭大军在几天后无罪释放，凶手尚在调查中。几年后，凶手也仍在调查中。

　　小城里再也没有吴莺这个人。有人说在外头见过陈家明，也不确定是不是，那个人整天抱着一幅画在街头走，穿得破破烂烂，扒垃圾堆里的剩饭剩菜吃，嘴里不时哼着奇奇怪怪的调子，连起来似乎是首歌。

　　"不要问我从哪里来，我的故乡在远方，为什么流浪，流浪在远方。"

　　城西的河边总是在无风的夜里传出缥缈的声音，有人说，那是女人的叫声，有人说，那是婴儿在哭，也有人说，那是夜莺在唱歌。

跨栖听我音

从小渔岛到沙坡尾

前几日同作家南宋先生聊及他的《厦大一条街》,名目虽有,址不存焉。我是 2011 年秋到的厦门,"厦大一条街"在 2010 年消失,未见其貌,只消得听人怀悼,睹其旧照,我于脑中念想,不甚可惜。好在沿街的那几家书店仍在,满足我嗜书的味蕾。

原先因居漳州的缘故,每次到厦岛总要海陆两行,周转期间,倒是别有番乐趣。早上八九点钟出门,十点靠岸,走向第一码头穿行贩鲜货的集市,过天桥下的大马路在厦禾路边摊点喝粥,中山路人太杂多,不肯久留,但光合作用书店里盘坐一隅静读的老人、孩童倒使我津津乐道。不过装潢过细致终归不像读书人待的地方,我还是更愿意去小渔岛沾沾旧书气,悟悟刘禹锡的"斯是陋室,唯吾德馨"。

同小渔岛荒岛图书馆结缘,说起来还真是件奇妙的事。2011 年 10 月刚来不久,我从厦大西门往外走,分不清东西南北,也不知道街巷名字,只管听脚的指挥,走便是。绕过一个大坡竟窜入了无人之境,街道狭长,两边的商铺只挂了牌并未营业,都是些老楼,从中瞥去一间半掩的铁门,黑魆魆,叫人惊骇。匆匆欲离开,看到"民族路"的街牌我才放慢了脚步,记忆中有人提及这附近的沙茶面味正。及至晌午,书墟乍现。填饱肚子的东西没有找到,精神食粮倒先跳出来给我一丝慰藉了。我走进店里沿

124

空隙绕了一圈,不大,但书堆叠得齐整利落。有稀罕的早年前小册子,也有缺了页的二十世纪八十年代印书,或是一系列的两三集,或是难寻觅的孤本。吸引我兴趣的是那本浅绿薄皮的《卡夫卡随笔》,东妮译的1994年漓江出版社的版本。我知道漓江出版社常年孜孜不倦出诺贝尔文学奖的集子,但也知道卡夫卡生前未获得任何奖励。就像是大多数死后作品才彰显出来的艺术家一样,他孤独沉默地写着。这本书读起来很流畅但并不通晓,亦如卡夫卡的每篇作品,径曲而艰,冥思苦想却不得其意,某日回嚼一二,方觉其幽。店主见我爱不释手,便走过来,将其赠我。他又附赠了一本记录厦门的旧杂志,和几张老厦门的明信片。我大喜,但两人睐与相谈,只相视一笑,便罢。临走前我又购了一册2004年上海译文出的保罗·科埃略的《炼金术士》(另译《牧羊少年奇幻之旅》),印册不多,友人托我寻觅了许久,从南宁到上海,跑了许多地方都未见,网上亦告罄不售,未承料到竟在这里给遇着了。从厦门又寄到了重庆,陪他熬过了一整个冬天。

以后每次至厦岛,总不免到小渔岛翻翻书,未同店主打照面,却同旧书相抚甚欢。春天、夏天,潮湿的空气让纸也变得稀薄。

九月随校搬来,又开始如同个探险者一般钻入这城市的心脏,咸淡油腻,呼吸市井之气。瑟瑟发抖吹海风听曾厝垵的歌仔戏却不亦乐乎,穿过修葺的瓦砾在夜间抵达碧山寺观达其静谧,万石植物园的小径横生,在观屿台俯瞰海潮迭生与天相接。机缘巧合走到了沙坡尾,看几只细脚身洁的白鹭轻盈奔跑、跳跃、振翅,渔船停靠岸堤,老楼参差,漏出光火恬淡。更叫我惊喜的,便是归途路遇的晓风书屋和琥珀书店了。

晓风我是早闻其名的,在漳州时,便隔三差五去翻书,只看不买,磨出了厚脸皮;而琥珀,常听人说那是谢泳老师的出没之地。琥珀不大,却如顽石精巧,所藏的书都是宝贝。初探我便购置了许多书,从福克纳到伍尔夫,从萨特到波伏娃,小说戏剧传记种种,总嫌不够,再买,结果如

提筐择菜，满载而归。同店主默默因为一辑精致装帧的杨绛所著的《干校六记》而争执不下，她是个爱书惜书之人，顽皮得很，因为自己太喜欢了，便不肯卖与我，我只得成人之美。而后在闲暇时便同两三好友到这里来，在阁楼上饮啜茶水，轻敲棋子，漫卷书页。有时也自己一人过来，对面是饮食男女、市井之声，身后是几丈木架、万卷诗书。只静坐一隅听来客对聊也别有趣味，想起在南京时陪我逛先锋书店的好友，在西藏念民俗学，同我讲起当地的神秘；想起两年前冬天在上海，一群文艺青年在福州路的书城柜台找印有自己文字的书籍；想起北京连下暴雨自己一个人拖着行李在大马路上走的夜晚；想起三十小时的火车站票从北至南穿过黄河长江的不眠之夜。其实书中所描绘的远远没有生活那么纷繁复杂，但文字同语言总会莫名其妙调动起我所有的记忆与经验拼凑出另一个异样的世界。

小渔岛和沙坡尾这两个词在脑袋中晃荡不止，饥饿的，究竟是胃，还是味蕾？

斜阳归不归

那条河从脑海深处汩汩涌出，河的源头是连绵青山，毛茸茸的深浅不一；它流过山的腰，如银蛇轻舞，流过丛林，流过石桥。我站在桥上眺

望,曲折小径的深处,在一株小叶榕下,新旧两座依偎的老宅,还有那个笑盈盈的白发老人。

她不知道什么时候眼早已被白翳遮了光,看不见来人的脸;不知道什么时候耳早已模糊了声感,万籁皆寂;不知道什么时候那一口结实的牙松落入泥,咬不了字嚼不动米。她往日喜欢坐在树下摇晃着蒲扇同人闲说的习惯渐渐隐去,明知眼前有人,却仿若隔一堵无门厚墙,声音挡在了那里,进出两难;她也不再手握弯镰钻进大片绿密的甘蔗地里,吆高曲,踏黄泥,仰着被阳光晒得微醺着脸。

我远远看见她,佝偻着背,坐在老宅红木门前,静静。

我猜她一定是在思念我死去的外公。

母亲说二十年前她和她五妹大着肚子从县城坐一小时的汽车再转乘牛车驶在那条羊肠道上,坑坑洼洼,腹中的我又上下翻腾,牛慢悠悠地走,母亲心急如刀割。过了那条河,过了那座桥,榕叶在斜阳的余晖中盘旋掉落,静止无风,一声细长的哭腔从老墙根里撕拉开来。

之后二十年,冷清、寂寞。

外公是一介书生,新中国成立前念的是革命大学,读过书多却木讷不善言辞,懂画画,懂作诗。新中国成立后调至百色任职,几年后因父亡归家,再度前往却又因误了车而不得不作罢。乡人有劝其徒步行去的,但那时西南边境山匪猖狂,携妻带子不便,也打消了这念头。一留下,在大山里面朝黄土便是数十年。那些年教过书,当过会计,种田犁地是家常事;子女多,负担重,总是久病缠身了却不肯医治。

1992年修葺老宅,外公架梯上爬,失手坠落,重摔于地,一坠便卧床不起,直至医生查出有肝癌,不久即逝。

我从未见过外公,但却总是翻读他遗留下的书,听母亲讲他的故事。在老宅的阁楼里藏着许多大红箱子,灰尘早就铺满了盖子,蜘蛛网结在四角、头顶和地板,铜锁松动。十岁那年我第一次架了梯子爬上去翻捣,没有电灯,只好手持一盏煤油灯,微光在泛黄书页前掠过,惊起四窜的衣鱼,我抖了抖,它们从空中坠落,又一溜烟钻进了地缝里。《隋唐演义》、《水浒》《三国》这类书都是那时从里面翻出来读的,后来还翻出一些诗词集。蓝黑墨水的钢笔字迹时常跳脱在段落空隙,我知道那一定是外公的笔迹。有时会翻出外公给舅舅写的信,督促他读书,这时候我便会召集弟妹们围起来哈哈大笑;倘若翻出外公年轻时候的照片,总不觉惊叹他的眉目俊朗。"翻箱倒柜"成了我每次回外婆家的必修课,而外婆每每总是坐在一旁不发一语,她知道那些都是压箱底的旧时光了,睹物更思人,亦更伤心。

那日因为父辈们饮酒甚酣,都醉醺醺的,栽头便睡,无人驾车归去,便只好留宿在外婆家。这间松松垮垮的老宅子已经很久没有在晚上接待过客人了——我想我们俨然已成了客人,从小到大都未曾睡在此处过。母亲在木板上铺上竹席同垫子,认出了那张破旧挂满补丁的红褥子正是自己儿时用过的具物,她孜孜不倦同我讲那时候的事情。床头红木桌上搁置一盏煤油灯,火苗有些散了,她就用镊子夹起束做一根,灯罩如水晕过一般朦胧不已。

正堂的瓦顶掀起的三道口子打下清幽而白的月光,悄然移动,我拉了藤椅坐下,不安分地折根竹枝摆弄它。周遭沉寂,弥漫有陈腐的酒香。小舅因为住在镇上,路途不远,晃晃悠悠开着摩托车驶过小道回去了。

有时候我问母亲,为什么小舅住得那么近却不常来看外婆。母亲支支吾吾。我倒是从旁人对话中得知原来外婆竟被舅妈赶出过门好几次。外婆这一生育有三子,前面两个在大饥荒的年代都不幸夭折了,后来又一连生了三个女儿,等小舅出生的时候,自然欣喜不已,从小就宠着惯着他。姐妹们都把大姐的衣物打了补丁往下传着穿时,小舅穿自己的新衣裳;念书到最后供不起那么多人大家又都放弃了机会让给小舅。那时候家里就只有一个孩子念着书了,可外婆却还是如旧坐在宅前大叶榕下等着他放学回来。积年累月成了习惯,纵使是多年后儿女们纷纷都离开了

"那界"这个小地方，走得远了，更远了，她仍旧在那里等。

生活的盼头总是同日升月落一齐轮回，明明灭灭却希冀仍在。

最后一个生的小女儿远嫁海南，她十多年都未见一面算是情有可原；然而住在不到十公里开外的小舅却总推托事忙，把外婆一个人丢弃在大荒宅子。

老牛死了，稻田死了，河水死了，天空死了。

我害怕看到外婆的影子——在月光下，她是那么的佝偻而孤独。

人老了像是枚爬满锈迹的钉子，年轻时扎进深墙里，同红砖长到了一起，若年晚拔出，则瓦屋塌，锈迹离。

事实上我统共和外婆并没有说过多少话。我小时候在城里长大，每年回来两三趟，春节一趟，清明一趟，中元节一趟。而每次回来总是午后至黄昏归，匆忙忙吃顿饭便离去。齐聚一堂的时候总是热闹非凡的，可四散之后的冷清只有外婆一个人默默承担吧。

而外婆的汉语不好，我以前用壮语同她交流又显吃力，所以总是她在用壮语说我在听，我再用汉语讲，她也在听。我不知道她到底听懂了多少，亦如她也不知道我听懂了多少。

记忆中同外婆接触最多的那段日子是我还在念小学的时候，母亲把外婆接到家里来短居一周。很少离山的外婆在城里总分不清路况，每天放了学后母亲便让我陪外婆四处转。其实哪里是我陪外婆，分明是外婆陪着我。我奔到体育场前玩秋千，又到田径场边爬云梯，外婆一看我在高处，总露出担忧的神情，佝偻着背，两只手在下面预备着随时接住我。我在空中大笑，儿时最想有人疼爱，愈溺爱，我则愈张狂。后来玩累了要外婆背我，我一跳，跃上她弓起的背，仿若驾着一匹嶙峋老马，我笑，她比我笑得更开心。

我指着前面一家商店说"Mae dai，gou yi gwn pinkgilin！（外婆，我要吃冰激凌）"外婆抿住嘴笑笑："gwn、gwn、gwn。（吃、吃、吃）"那

是我第一次用壮语同外婆说话，蹩脚的腔调像是学舌鹦鹉，两个人一路上互相被对方逗笑了。现在想起来，其实那个时候外婆并不知道冰激凌是什么东西，她听我吐出那么一个词大概也有些莫名其妙。我领着她往前走，翻箱倒柜摸出一支香芋味的冰淇淋，外婆则从腰间细绳拴着的红蓝纹壮锦荷包中掏出皱皱巴巴的零钱，一角、两角地递过去。我掰开上面的圆纸片，用舌苔整个抹过去，将纸片上沾上的冰淇淋舔舐干净。外婆看着我笑，我也笑。冰淇淋连续吃了一周，即是外婆短居的时日。

那段时光太值得回味——除了有冰淇淋，每天晚上还能吃到肉。因为家境潦倒，母亲常常抱回一个大南瓜，一个吃三四天，完了，再买一个。有时候能在南瓜中夹出一点油渣来嚼，都觉得满腹惊喜。平日里连饭都吃不饱，又何谈什么零食。但是因为外婆的到来，母亲每天都买两三块钱的猪肉，并嘱咐我让外婆先吃。但事实上外婆很少吃那些肉，全都夹到碗里头给我。

最后一日外婆在给我买好冰淇淋后又偷偷从荷包里拿出一沓整钱给我，足足有四十元。我那时大抵是想要而又不肯要的，撇撇嘴嘀咕："妈妈说不能拿。"外婆便硬塞到我的小口袋里。她咯咯地笑着，摸我稀疏的头发，说以后多吃些有营养的，水果啊，鸡蛋啊。我点点头。年幼如我并不懂得外婆这四十块钱攒了多久，但我猜想一定来之不易。我便一直留着，躲在枕头缝里，衣柜侧角，直到有一天母亲整理家务时发现责问我，我才道出了实情。母亲看着那沓钱哭了。

泪水里是满目的歉疚，以及，无奈的悲凉。

母亲问我，是否还记得我从咿呀学语到跑跳自如都是外婆一手带着的。我说，不可能吧，我怎么没有一点印象呢。母亲说，那时候我整天哭闹啼叫个不停，见到外婆，马上就安静下来了；还老喜欢笑，露出两只小酒窝，外婆就抱着我给邻居们看；每天不离手地抱着、背着我，哄我睡着，给我换尿布；小时候我又常病，她整夜整夜地守着我。我自嘲记忆真是

个贱东西,总把别人对你的好与恩惠忘掉,抛入大江大河,流逝入海。

这些年因为读书忙,见到外婆的次数越加的少了。那天我在黄昏前乘大巴回外婆家。路并不长,天光大好,乡村公路的静谧同炎夏蝉鸣的惊闹大异。在小镇楼层的窄巷后深藏着另一个世界,那里有一大片稻田,我沿着那条路走,黄土漫天,窄如羊肠,一切同二十年前的丝毫未变吧。两旁青黄的谷子在风中摇曳,我看到远处连绵清瘦的山和大片云彩,天是澄澈的蓝,风扑面驱炎。我走过那条干涸的溪流,那片鹅卵石铺满的枯竭河床,再走过破旧石桥,栽着小叶榕的屋前坐着一位老人——她面容恬淡,看着日光淡薄的投影从眼前红壁高墙上渐次升起,是黄昏要来了——我猜想她在怀念,怀念自己曾年轻时孩子们上学念书归来,她坐在门口等着,男人在屋中劈柴;我也在怀念,怀念那个时候外婆在院子大门等我归来,然后我踏着斜阳下自己的影子,奔跑、跳跃,融化了夏天的冰淇淋和旧时光。

我说:"我回来了!"

但她未曾听见。

住在夏天

"直到青苔长到我们的唇上,且淹没了我们的名字。"

这个城市的夏天要在十一月来之后才舍得走掉。日子是慢节奏,却又恍惚而过。开始觉得混沌了，便也麻木了。前几日和普鲁士蓝说起她那篇小说的名字，在多年以后的小镇上奔跑，总是无端地念叨起来，大概是太喜欢的这个名字了。

如今小镇离我有八个经度的距离，父亲母亲在那，熟悉的街道在那，破旧的老房子也在那。还有一些老照片规规矩矩地收纳在抽屉里，如果没有人动，兴许已经布满灰尘了吧。那其中的一张照片，我翻过很多次。是年轻的母亲抱着初生的我，站在一张海报的后面，海报上的女人是邓丽君，母亲那个年代都喜欢的女子。那时候的母亲烫着卷发，穿着碎花裙子，涂口红，很是美丽。但是自从我有记忆以来，便再也没见到母亲穿过那条裙子。之后的照片都是些独照，和家人在一起的留影少得可怜，父亲常年奔波于外，母亲也无闲暇。于是我便是个童年连小镇也没出过的孩子。

上小学的时候，班里有同学穿着花花绿绿的衣服说那是他爸爸在城市里给他买的。又有同学站出来说自己手上的玩具是在城市里才有卖。然后我便知道，城市里有好看的衣服还有很多玩具。

后来大了些，偷偷拿母亲布袋里藏的几十元钱，在一个周末拉上邻居的两个男孩坐上了到市里去的汽车。我只记得在车上的感觉很兴奋，城市的模样倒是记不大清楚，似乎每一条路上都是摇摇欲坠的高楼。等天黑的时候我才慢吞吞地回到小镇。父亲那时不在家，母亲很焦急在门口等我，一见到我便抽起手上的衣架往我身上打，她一边打一边哭，让我跪在墙壁的前面。后来她不打我了，但还是哭。

那一幕我记得很清楚，因为我从未见过母亲哭，纵使是酒醉的父亲对母亲拳打脚踢的时候。此后我便不敢偷偷跑出去了，但我仍旧是向往着那些偌大的城市。

再大些吧，我就自己攒钱出去，母亲也不怎么管得住我了。但因为家里条件不怎么好，每次总要攒很久。十五岁的时候，坐几小时的火车

我在，孟特芳丹酒吧

132

去看南边的海,十六岁的时候找了个伴儿陪我去云南。那时候感觉外面的世界好辽阔,真希望什么时候自己能攒更多的钱把它们一一走完。

这些细碎的想法我也从未同母亲谈及。一直以来,和母亲或父亲的话都极少,甚至连一起吃饭的时候也不说话。更多时候,是我一个人闷在房间里看书,他们在客厅里看冗长的电视剧。高中的时候住校,每次和家里通电话也总是说不到两三句,而每次都会重复一些同样的内容,无非是钱又花光了,天气要转凉,接着便是双方的沉默,然后说句那先这样吧,便挂上电话。

不知道什么时候,小镇的影子在我的记忆中渐渐淡了。每一次回去,都会有些推翻的老房子和新建的群楼,让我陌生起来。也不知道从什么时候开始,母亲也变了。她变老了。先是那双手,蜡黄的皱巴巴的手,她洗碗筷,搓衣服,擦窗,做饭用的那双手。然后是她笑起来时眼睛旁边的皱纹。忽然有一日,我看到母亲在水池边用黑色的廉价染料染着她一根根的白头发。我站在一边,不敢过去,一声不响转身走掉了。

高三的那年冬天,因为比赛的缘故,我到了上海。确实是一个大而拥挤的城市。那一次远行,花掉了我人生中的诸多个第一次。也包括,第一次给母亲买邓丽君的CD。当母亲接过这份礼物的时候,我看到了她的手有些颤抖,但同时她也笑了。我不知道此刻的她会是什么感觉,但这或许会牵出她的一些回忆吧。

兵荒马乱的高三人人都在抱怨,而我却把高考当作跳板,因为我想要离开这个小镇,去外面看看。

我如愿以偿地离开小镇,到如今这个安逸而远离家乡的城市念大学。那天母亲到车站送我,化了淡淡的妆,那是我这么多年唯一一次看到她化妆。车子出发的时候,我最后看了一眼这个小镇,年老的它被修修补补显得更新了,而母亲的苍老却没有办法遮掩。大概我再也看不到那个烫着卷发穿碎花裙子的母亲了吧,而母亲也再也提不起力气用衣架狠狠地打我。

等我踏进了这个城市的时候,忽然有些茫然,相比于之前的期待感,更多的是感到背井离乡。于是我便迫不及待地开始想念起小镇。小镇的哪一条街道的拐角有卖水果,哪一条路上会有摆地摊的阿姨补鞋子,穿过哪一条小巷可以更快地回到家。可我越想便越感到支离破碎,是不是,变化得太快了,那个小时候卖水果的地方现在早已修起了楼房,那个补鞋子的阿姨也已经改行,而那条我熟悉的小巷,还是通往回家的方向吗?

我照镜子,然后发现唇上布满了细细的胡须。忽然那张母亲抱着初生的我的照片又闪过脑际。原来已经过去了那么久。我也在老去。

可是,为什么夏天还没过去?

阴天

我在,孟特芳丹酒吧

九月的时候从一个城市往另一个城市走,试图给自己一个新开始。

这个年纪的人都最是狂妄,不念家,不思亲,总以为龙灯花鼓夜,长剑走天涯,总以为到更远的地方去才能和过去的一切做个了断,总以为这是勇猛、独立与成长。

在路经一家小店的时候,窗子边传来《阴天》。与这首歌有关的所有记忆是一个人与一群人。走着走着自己便不自觉哼起模糊的调子。

恍惚间才发觉日子过了这么久。当初那群在校园里奔来跑去的同学,如今又到了哪个天涯,哪个海角?

嘀,阴天。曾经坐在我前排的那位女同学每天在课间的时候总会哼起这首歌。她唱"阴天/在不开灯的房间/当所有思绪都一点一点沉淀"。她含糊的嚼字让我总听不懂歌词,于是我便一个字一个字地猜。她一唱就是一整个高三,我也跟着她听了一整个高三。那个阴天一样的高三。

在毕业后的一次小聚里,大家一起去唱歌。不出意料,她唱的是那首《阴天》,依旧是含糊不清的咬字。她唱的时候,大家在一边玩,只有我一个人不知道为什么听得稍显感伤。那是我最后一次从她嘴里听到这个曲调。之后是如风吹尘埃一般的离散,南北西东,不知所踪。

从南方到南方。八个经度的距离,我告别南宁,自己一个人来到厦门。跟舍友熟络起来花不上一小时,但要忘却旧日却不知道需要多久。开始军训,开始上课,开始熬夜,开始刮风,开始变换季节,开始适应这里的一切,也开始忙碌。上课的时候会抱着一堆书穿梭在各个教学楼之间的走道,周末的时候会在图书馆的三楼从早上坐到傍晚,夜里会摇头晃脑听英式摇滚或是看漫长的影片。总之,似乎什么都与过去的一切无关。朋友可以新找,日子可以重来。或许,连喜好也可以随时更换。

这样的日子,过去一周,两周,一个月,一个半月。

我以为换了号码,换了城市就可以让自己躲起来让过去的那些人找不到我让过去的日子远离。然而,我苦心经营的宁静却被一首不经意听到的《阴天》给彻彻底底击破。

那是怎样的一种景致——耳边是一个女生在反复吟唱的曲子,眼前是刺眼的白炽灯,灯下是一群少年在埋首一份份考卷。那时候考砸了还会站在天台吹着涩涩的风,然后身后一群好友相互安慰;夜里难过得睡不着,下铺的同学爬起来陪我说一整夜的话;母亲会在每个周末带上亲手煮的饭到学校来看我;还有高考倒计时,百日誓师。

一切的一切，不知道怎么就过去了。那时的我们，卑微地想着，要考一个怎样的大学，要几点起床几点开始背书，要在一节自习课内坐下多少道习题，要怎么把一切的不愉快抛诸脑后专心致志复习。

　　或许现在的日子，是平静的。闲时读读波普拉夫斯基的诗集，让他反复出现的太阳给自己告慰，又或者是翻翻列夫托尔斯泰的《复活》，给自己一个心灵的救赎。可这些的这些都显得多么的宏大。生命，自由，信仰。身后的那些细碎哪去了。那些狂风吹不散的记忆，忘也忘不掉的日子，会在时时刻刻提醒着你，你之所以是你，是因为你拥有过去吧。

　　狂妄的年纪。我们，站在青春期的末端，总想着，把过去的一切孱弱、卑微、苦痛、不堪的自己埋葬。总想着，这日子总该是晴天，而不该有阴天的出现。

　　可是，这个世界又总是由一个个阴天和晴天的交错而成。大概，怀念阴天的日子，会让晴天更美好吧。

　　我仍在一个陌生的城市。它不属于我。过去属于我。我属于未来。

我在，
盂特 芳井酒吧

一月气聚或离散

　　突然落下的夜晚\灯火已隔世般阑珊\昨天已经去得很远\我的窗前已模糊一片\大风声\像没发生\太多的记忆\又怎样

放开我的手\怕你说\那些被风吹起的日子\在深夜收紧我的
心\日子快消失了一半\那些梦又怎能做完\你还在拼命地追
赶\这条路究竟是要去哪儿\时光真疯狂\我一路执迷与匆忙\依
稀悲伤\来不及遗忘\只有待风将她埋葬

——朴树《且听风吟》

朱天心写,是八月,然而总有些不对。而如今,一月气聚,人儿却四
处离散。哪里是对,哪里又是不对?

突然落下的夜晚。从厦门到上海的时候已是夜里十点多。飞机晚点,
从那边的白昼到这里的黑夜。地铁停运,坐大巴,从浦东到徐汇。乔木
醉酒被送至医院急诊,小隆守着她。下车的时候庆幸没有雨,上海也没
我想象的冷。在大马路上走的时候已是凌晨,打不到车,我吹一口热气,
拖着行李兀自走在大道上。

灯火已隔世般阑珊。大上海在这个时候静谧得让人压抑。行人少,
楼高向我逼近,只是楼层的灯光渐稀,街边路灯倒是不知疲倦地照着,照
得我影子拉长,照得这块地方忽然很冷清。

昨天已经去得很远。昨天是哪天? 上一次走在这条道上是去年的
寒冬,我仍是一个人这样慢悠悠地走在大马路上,从黄昏走到天色深黑
才找到订好的旅馆。那时听他们讲,多年前大家一直住的是泰安,而后
泰安停业整修了很久,浦江就成了下一个栖息的地方。我认得眼前的路,
我喜欢这样利落的街道,让我刺目的不是街道的冷清,而是落光了叶子
的法国梧桐。在南宁和厦门的冬天是看不到光秃秃的枝干的。再一次
看到这些树的时候,有种莫名的遗失感,我才发现原来恍惚间一年就过
去了。昨天是真的去得很远了吧。

我的窗前已模糊一片。入住的房间号是206,狭小得甚至没有窗户。
整好行李,到楼下永和豆浆点了份馄饨做晚餐,已是接近打烊。我和黄可坐在去年坐过的那个位子。看那幅很大的贴画,我记得那时候倩雯、南楠、贾意和黄可在这里成立了"梦"小组,回去后大家各自写下了一个同梦有关的故事。深夜里冷水汽扑到窗子前,室内放了暖气,窗子外覆上一层朦胧的水滴。我边吃边看着落地窗,却看不到外面昏暗的景致。

大风声,像没发生。上海的风同厦门一样的狂乱。大概这是海边城市特有的吧。我一直埋怨这些风吹得让人难受,即使是隔日走在巨鹿路上仍旧是大风吹着行人,总有一天会把人群都吹散。回到旅馆,在小七房里看到了小隆,他叫我,我不敢回过头应他,是有些伤感了,乔木躺在小七床上,醒了,脸很红,她抱了我一下我,寒暄了几句便各自回了房。看到莫小七、贺伊曼和普鲁士蓝他们回来了,便抱着一堆吃的冲到小七房里。从厦门带了很多吃的过来。放在他床上,然后回房间睡觉,什么都没发生。第二天比赛,两个题目选一个,韩寒和寻找不是用眼睛。我选了第二个,写了小说,是一个关于铁轨,火车碾过,尸体四散和老张的故事。故事写得很温情。想到这样的场景,其实是因为近来在读吴念真的书,受了他一些影响。以前看《恋恋风尘》的时候感觉淡薄,只觉得是细微的伤感。后来读过吴念真《这些人,那些事》后,再一次看那部电影,恍觉,那些逝去的日子大概是吴念真的写照吧,真实的,那么令人怅惘。

太多的记忆,又怎么放开我的手。比完赛的那天晚上,大家去唱歌,到深夜两点多的时候,给乔木唱了那首我怎么也找不着调的《十年》后,我便走了。这首歌是去年答应了要给她唱的,那天晚上我情绪不怎么好,一下子想到去年很多人都不在了,每年这个时候总是热闹的,但热闹过后也不知道有没有再见的机会。回去后给小隆发了短信,说自己难过。我们两个像路人一样见面了连招呼也不打一个,甚至不停躲避着对方,我想起来上海前的一周,我同他说,我们还是不要见面好了。我喜欢距离感。第二天,同柳雅婷、黄可、童欣、邵晓曦走了上海一些地方。冒

着小雨一路走到静安路303号,看了蔡元培在上海的故居,在路上看到了一些老宅,一些古旧的洋房。我说,街道砖块的颜色同掉落的红棕色叶子颜色搭起来很好看。路上凑巧又看到了上海戏剧学院,一阵欢心地走进去,学校很小,但很有味道。走过天桥,到了金碧辉煌的静安寺。本来打算是在这里转乘车到张爱玲在常德的公寓,或者去她幼时生活的洋楼故居,但还是没能去成。最后是去福州路上的书店。在外文书店停下,去看了书,到三楼艺术类看了画册。没有找到奈良美智的画本,也没有找到弗里达卡洛的自画像。下了楼到上海书城,看书,想到去年也是一群人到这里来看书,耗费光阴,而如今,封尘不在了,倩雯、蒉意和叶璇也没有来。晚上一起窝在晓曦的房间里看恐怖片,一群文艺青年面露出大笑与惊恐。再夜些,安然睡去。

怕你说,那些被风吹起的日子,在深夜收紧我的心。颁奖的那天早上,黄可早早为我们到青松城占了座,我拿到了马原老师和陈村老师留下的签名。又一次拿到了一等奖的奖杯,为自己开心一阵,但更长久的是叹息。每个陌生的面孔都渐渐熟识,熟识之后要用多长的时间去慢慢遗忘。想起去年复赛时选的题目,《翻墙》,写了散文。还记得自己写的第一句话是,时光是年岁筑起的一道墙,隔着它,我们回不到往昔。写东西的人,内心总是孤独的吧,就像简媜说的那句话一样,文学,本不是为了热闹而来。每一年新概念的盛宴,会有多少人从远方奔赴而至上海,就会有多少人从这里离开。在一起共度的时光真的不长,只有短短的几天,但这几天,我们一起比赛,一起玩,一起等结果,难过也一起难过。晚上有人离开了。第二天早上也有人离开了,整个旅馆一下空了很多。

日子快消失了一半,那些梦又怎能做完,你还在拼命地追赶,这条路究竟是要去哪儿。说到底自己不过是常常在做一些荒谬的梦。一路走来,认识的很多写东西的人转而干起了别的事,甚至很久也没有再写下些文字;有的人还在不停地写,却兀自写得忧伤。在中文系念书,长久的不知

道自己的前路究竟如何，那个莽莽撞撞的年纪慢慢消沉下来，现在想的更多的是自己要怎么个活法。一直对自己说写东西是聊以自慰，看书是打发时间，旅游是为了寻找灵感，结识陌生的人是想看看不同的人生。可我越发地觉得自己孤独起来。如果说任何东西都有它的保质期，写东西也一样。那么我想一直写到腻。这世界原本该是什么样子的？我希望它是我所念叨的模样。

　　时光真疯狂，我一路执迷与匆忙，依稀悲伤，来不及遗忘，只有待风将她埋葬。离开的前一天晚上，乔木递给我小隆留给我的礼物，是 Jason mraz 的一张 CD 还有几张小图和一张字条。我又开始莫名地难受。不知道这一别什么时候才能再见了。每个人总说着自己下一年会再来，可说不准到时候又有些什么事情耽搁了。上海忽然变得越发得安静，走在人群中也有种怅然若失的抽离感。我随人群涌动，似无心人偶。或许所有的相聚都是为了最终的别离。我们又能做些什么呢。我眼前闪过的是巨鹿路675号上海作协大院的那几栋古旧的洋楼，蔓藤恣意攀结，缠绕得人喘不过气。浦江之星最后所剩无几的人在空荡荡的房间里坐着。连续下了几天的缠绵细雨，密密麻麻得叫人难受。路面很湿，让人走起路来要小心翼翼。离开的时候，也小心翼翼。

　　我回到降着细雨的小城，我熟悉它。上海在一个很远的地方，我从离开的那一刻就开始想念它，但更想念那群人。为文字而来，也为文字而散。

一座城市的记忆

这个题目取自奥尔罕·帕慕克的《伊斯坦布尔：一座城市的记忆》。伊城对帕慕克而言，是灰色的，如大雾迷濛，他反复地呼愁，记忆这个废墟的忧郁。而我与上海的每次接触，都是降落在阴霾之中，于深夜告别。我认识她——这座城市，是从冬日街道稀落的灯光、无叶的法国梧桐开始。

曾经有很长一段时间，我喜欢两个城市，一个是张爱玲和王安忆笔下的上海，一个是侯孝贤和吴念真影像中的台北。前者太实，后者太虚。中学时看墨镜先生《花样年华》每每觉得穿旗袍的张曼玉一定是上海人才对，后来才知晓，原来出生在上海的是王家卫他自己。

上海的天空像罩着一张灰色的幕，冬夜里无月，星光稀；而白日云浓，又仿若揭不开晴空的纱布，似镀了一层薄薄凝稠的漆，和街市高楼同染了色，化不掉，冷冰冰。

十三届的时候第一次到上海复赛，那时阿青老早就帮我们打理好了一切。房间定在华山路的那家浦江之星。十届以前，新概念的聚集地是从浦江之星门外的小巷一路往下斜穿过去的泰安，可惜那里已不复营业。第一顿饭是边上那家东北菜馆，两大张桌子围了两圈人，当时我旁边坐的是贺伊曼和莫小七,后头是在中山读博雅院高谈阔论哲学的杨鑫,北影的钟濛也过来了,她先和莫小七深情拥抱,然后说起北京,侃各种段子。我那时是初来者,尚念高中不谙世事,看这些第七、第八届,第九、第十届前辈们在说近况聊往事,虽插不上话,但不知怎么,竟有种温暖的感觉。

复赛交完卷子那天,从上海冬天没有暖气的教室哆哆嗦嗦地出来,一路结伴往返的我看到了刚出考场的刘文。我想她如今一定不记得我是谁了,可我知道她。她是第九届的选手,在港中大读会计,要毕业了,她说这是她最后一回来新概念,看看些老朋友。我已经记不得她说那番话时的表情了,但我记得她说那句话的时候我们正站在一个十字路口前,车子从眼前呼啸而过,尘土扬起一片模糊,声音和步伐都同时静了下来。

唱歌、聚餐、颁奖。同吃同睡同玩只五天罢了,这五天要想熟悉一个人未必太难,可这五天却结结实实地打在每一个人胸口上。走的时候大家都不舍起来。拥抱,击掌,来不及一个个告别,但都信誓旦旦说了下一年还会再来。二楼的长廊倏忽就空了,七回八转的廊路不见尽头,亦杳无音响,我锁上门,作揖告离。凌晨一二点归家,酣然睡去。

之后是什么,像各自活于平行空间一般,欲觥筹而无交错,黑白头像,鲜言寡欲,记忆逐渐模糊,直至消亡。为何旧知己最后变不成老友。

这几年,我三番五次地到上海去,春天、夏天、冬天;终究见不到雪景,枉费我每每期冀。但当我踏到这个城市的那一刻,我知道这里有我所熟悉的东西,只是刚开始觉得熟悉,便又浑身不自在起来——马路上那些跑着跳着笑着闹着一闪而过的人,哪个是和我拥有同样一段记忆的人?

你我皆路人吧。

去年七月来参加《萌芽》下半月刊笔会,饭桌上,李其纲老师给我

们用黄酒兑了雪碧,他笑言苦谈,记忆真是个贱东西,五年十年后,可能你已经忘记了当年在某个地方和哪些人聊了哪些多么高深有价值的东西,而偏偏记住了舌尖尝到过的那股极好或是极坏的味道。

那味道定是百感的才叫人如此难忘。

少年游,归云一去无踪迹,何处是前期?

到厦岛一年有余,荒废了小说,笔也提得少了。现在是一点也想不出,高三的时候,明明已经忙得不可开交,我又怎么会如此热血沸腾地拿起纸就胡乱涂写?那时候有太多想写的东西攒了一麻袋破烂,扎破洞隙一股脑儿就全泄了出来;现在是滴水蓄杯,总想只留着下宝贝,却难待其盈,即使想写却也不知如何下笔了。

出门即是海,身后有千山。钟声寺杳杳,鹭栖听我音。

我常慰藉自己没能在上海念书,到了闽南这地方,少了吴侬软语,坐听咿唔闽声,却也难得悠闲清静。以前马璐瑶说过想在鼓浪屿上开家书店,可现在她毕了业,一路北上,去了纪录片公司,不知是否还有这些念想。翻到手头上周宁院长为她新书《弘一法师传》做的序,言自己也曾想写李叔同,只是一晃便二十年,"心存夙愿,竟无所作为,终日忙于琐事,惶惶然竟老之将至",不禁叫我感慨丛生。

在厦大念中文系的这些时日,看周围人扛着机器四处跑,在暗房里剪片,戏台上排剧,很热闹却也很冷清。这一腔的热血总归是会被时间所湮灭啊,何不慢点走,让它也走得慢些?

鹭岛,偏居南隅。夜间孤灯,三两个好友,携半多情绪,沿白城一路行至木栈道,沙地,石砾,有风浪,亦有海声。厦门这地,月明星朗,撩人赋诗作对的情怀,只可惜缺了那点才思,只当空对月,独相思了。

也罢。这世上原本已有足够多的诗句给我们慰藉。只是不知读诗的少年依旧否?不知年年岁岁奔赴上海的人儿依旧否?

愿少年依旧是不安的少年。

枯萎的枯萎

一

死亡并不新鲜。

二

这是一种平静。当你看着急躁的风卷挟着那些你不曾见过、熟稔而来不及告别的物什如同尘埃一般扑面。你抓不住它。当你看着黄昏被空阔的海水湮没且漫及你的脚踝一点点将你沦陷。你甚至想欢呼雀跃。

你记得你五年前、十年前的模样与否都已不重要。因为那个你已死。即使你向我掏出你那时影印于纸间的图像。那又如何。

开往春天的地铁现在停在了秋天。南方小城的秋天永远是游荡着薄凉的风,阴郁郁的云以及挂满叶子的树。还有行人。这风从海边吹来,它不像你会在每一处经途留下影子,它安静得甚至不去呼吸,因为它比

你怯懦得多。

"我想和那些不愿受人尊敬的人同行。不过，那么好的人可不愿与我为伍。"

第一次被太宰治吸引住恐怕是由于这段流俗于众的话。在反复阅读人间失格以及斜阳后我恍惚看到，那个在春风沉醉的夜晚忽而起了自杀念头的零余者竟真的死去。我拾起莫大的勇气才将自己的灵魂抽离出来，在逆光的世界兀自游走。这大概是梦。

三

眼耳口鼻心这五感以外的第六感是梦魇。

你可以在梦里恣意而为。赤身裸体地在人群中穿梭。窥看别人不愿袒露的阴暗处。同你欢喜的人告白。大笑或哭。杀别人或杀自己。

然而你须记住。醒后的一切便形如废墟一般弹指陨灭。

很难想象一个无梦之人如何走过弥散着大雾的人生小径。他要将虚妄、欲念、仇恨、悲苦弃置何处。

三崽说他亲人被疾驰的卡车碾过身体截成两半，血如挤破的球一般绽开，灰尘迅速从风中挨近，粘连住每一寸稠湿的液体。他只是听闻，却如同目睹一般。这话语仿佛穿透过我的耳膜在我的梦中重现，紧闭的双眸前隐约映照着闪烁的图景。

三崽说他又一个亲人年衰而逝。在随风起舞的燃尽的纸灰下人们先是哭，然后忘记了自己为什么哭。

说不动容是假。即使是个无关紧要、不曾相识的人如融冰一般消失，内心也会颤抖。

然而岁月沉淤后，自己甚至忘记了这些曾经鲜活的人。那些死去的人恐怕连名字也不曾留下。

一个月后三崽已经没有伤心的知觉。他迷恋上吉他，开始没日没夜地弹奏。嘶哑、音调模糊的声音在城市的顶端流动。是怒吼一般热烈的狂欢。是快乐吗？还是对自由的向往。自由是活的还是早已死去？

几年前在书上看到王朔谈及一个只是点头之交，但每年总会聚于一处闲聊的朋友忽然死去，然后是他尤为动情地戏谑，这些存在人大脑中的记忆恐怕也会孤独吧，因为同你拥有一致记忆的一方已经不存在。等所有人都死去，这些记忆又会漂浮到哪里。无人知晓。

同我拥有一致记忆的人。细数之下，仿佛凑成了半个生命的历程。然后这些人一一死去。我也死去。这记忆就该凭空消失了吧。

四

梦里我看到一张张熟悉的面孔。

老张说他已不再混日子。他把手上的金链卖掉，购置了一架二手摩托车。他在同车子一样破旧的小城里穿梭自如，送些小货，赚点小钱，要彻底告别从前那些偷偷摸摸的日子。

红毛跟家里拿了几万块在原先高中的街道旁开起了一家不大的奶茶店。我看见他围着方格围裙笑脸对客人的模样，然后已经想不出他从前拿着砍刀在街上同人对峙是什么场景。

光头亮帮人剪起了头发，卑躬屈膝用粗糙的手抚摸别人的头发，一刀一刀剪下去是剪掉一切过往。

而我呢，站在原地一动不动，看着青春这道列车从我身上碾过。然后我已知道，此刻我被截成两半。大家簇拥而来哭一阵。然后在一月来之前忘掉我。那血泊之中其实还有三崽缥缈的歌声。不能说是缥缈，因

为我听得难受。

五

再过几年这情形又是不一样了。

不是说这世道一直在变吗？好人变坏人，活人变死人。

你说二十年后的你还记得现在的你在想些什么东西吗？是在算计着你身边的这群人什么时候散场，还是一点点数着过往。

从出生那一刻起我们就是带着记忆往下活着的。这记忆我们是剪不断的。他只会越发得长，长到怎么也理不顺。而时间又总不会停下来让你好好看看。

梦魇是一秒一百六十八帧的闪过。你可以模糊地看看你自己是怎么走过这些路的。只是被水蒸过的模糊。

当你已不再想继续活下去的时候，转念想想，你是否有勇气去死。

"天气啦，季节啦，这些无关紧要的东西一直在变。"

如果累了的话，把那些苦闷都扔到梦的匣子里吧。

直到连梦也枯萎了，再也开不出娇艳的花。到那时，你再一动不动地立于此处吧。

——你的梦想是什么？

——做一个永远也醒不来的梦。

六

生活中，死亡并不新鲜，

第三辑 鹭栖听我音

147

而活着,也更不是什么奇迹。

——叶赛宁

（你说,这一直枯萎的究竟是梦,还是枯萎它自己。）